유쾌한 부부의 교육수다

유쾌한 부부의 교육수다

초판 1쇄 인쇄 2020. 8. 10.
초판 1쇄 발행 2020. 8. 15.

지은이 | 김창용 · 김영주
펴낸이 | 이미숙
펴낸 곳 | 도서출판 **해븐**
기획편집 | 염성철

등록 | 2005. 3. 10. No. 2005-13
등록된 곳 | 경기도 고양시 일산서구 산현로92번길 42
출판부 | 031-911-1137
ISBN | 979-11-87455-47-9(03840)

유쾌한 부부의 교육수다

김창용 · 김영주 지음

해븐
도서출판

프롤로그

부부가 교육자의 인생을 걸어가면서

이 책은 교육자의 인생을 걸어온 한 부부의 '교육수다' 이야기입니다. 우리 부부는 매끈하게 썰어진 몸뚱이 김밥보다도 옆구리가 터진 김밥을 더 맛있어 합니다. 가끔은 김밥 꼬랑지를 차지하기 위해 식탁 위에서 무언의 눈싸움을 벌이는 그런 소소한 삶을 사는 부부입니다. 사람으로 비추어 보면 너무 완벽하고, 매끈하면 인간미가 덜하듯이 좀 어딘가 허술한 구석도 있고 솔직한 사람이 인간적이고 더 매력이 있다고 생각하는 그런 부부입니다.

남편은 어렸을 때 꿈이 개그맨이었는데 그 꿈을 눈물로 뒤로 하고 초등교사가 되었다고 합니다. 35년 교육 인생 속에서 교사극회에 참여하여 선생님들과 연극 공연도 하고, 그래서 인지 전국 노래자랑도 출연하여 꿈에 대한 아쉬움을 달랬습니다. 나는 거울처럼 살았습니다. 두 딸의 엄마로서 아이들의 교사로서 본보기가 될 수 있도록 살았습니다. 쉽지 않았습니다. 그런 가운데 책을 놓지 않았고, 쉬지 않고 공부도 하여 박사 학위를 받아 마음의 크기도 길렀습니다.

이런 우리 부부에게는 꼬리표처럼 따라다니는 수식어가 있습니다. 인간미 넘치는 부부, 닭살 부부, 연구대상 부부, 유쾌한 부부 등 살면서 하나 둘씩 늘어나는 수식어를 맞이하고 있습니다.

우리 부부의 '수다' 공간은 식탁이며, 수다의 주제거리는 '교육'입니다. 학교라는 울타리를 '정글'로 표현하고, '정글'은 '판타지의 모험의 세계'로 바라보고 있습니다. 남편은 교장 부임 전 섬에서 유·초중등 통합학교 교감을 역임하면서 다양한 아이들을 접할 수 있었고, 나는 영·유아교육기관 운영과 대학교에서 학생들의 교직과목을 가르치는 일을 다년간 하다 보니 우리 부부의 특징은 영유아기부터 대학교 학생들까지의 고충과 애환을 그려 낼 수 있었습니다.

식탁에서의 수다는 끊임없는 도돌이표 수다로서 종착역이 없는 수다였습니다. 매번 수다의 출발점은 잘하는 아이들의 칭찬보다는 아픈 손가락 같은 아이들의 문제점부터 시작하게 됩니다. 스마트 폰에 중독되어가는 아이, 몸과 마음 근육이 허약해 스트레스 조절이 안 되는 아이, 개인주의·이기심으로 커가고 도덕성 부재인 아이를 바라 볼 때 실타래를 어떻게 풀어야 할지에 대한 고민과 반성이 단골 메뉴였습니다.

막힌 길은 돌아서 가면 새 길이 나오듯이 교육도 해법이 있을 텐데 과연 무엇일까요? 아이들에게 있어 행복한 교육은 어떤 것일까요? 그리고 아이들에게 성공적인 삶, 가치 있는 삶을 어떻게 하면 살 수 있도록 도울 수 있을까요?

이렇듯 우리 부부가 수다를 떨다보면 막다른 골목에 서게 됩니다. 우리네들 부모가 아이 스스로 무엇이든 해낼 수 있는 유능한 존재로 인정해 주는 것, 사회에 잘 적응 할 수 있도록 지켜봐 주고 기다려 주는 것, 그리고 아이들의 이야기를 경청해 주고 격려해 주는 것이 우리 부부가 생각하는 교육해법 수다였습니다.

이런 생각들이 무르익어 갈 요즘에 남편이 먼저 떠나면, 내가 먼저 떠나면 30년 동안 우리 부부의 교육수다는 누가 이야기 해줄까? 남편 없고 내가 없는 먼 훗날에 누가 우리들의 수다 모습을 그려줄까? 하는 생각이 들었습니다. 지속적으로 다가오는 바이러스 시대와 100세 시대에서 바라볼 때 우리 부부의 교육수다 보따리를 용기 내어 풀어보기로 했습니다.

늘 부족한 수다에 때로는 많이 아는 것처럼 떠벌린 수다도 종종 있을 것입니다. 우리 부부의 교육수다는 교육을 비판하거나 왜곡

하지 않습니다. 그저 한 부부의 '수다'로만 바라봐 주시길 바라며, 많이 부족한 상태로 세상에 내보내는 부부의 마음에 힘과 용기를 실어 주시기를 바라면서 이 책을 시작하려 합니다.

끝으로 우리 부부가 교육자의 인생을 걸어 올 수 있도록 낳아주시고 길러주신 고(故) 김마일 아버님, 고(故) 김복례 어머님과 김만근, 김화자 부모님께 감사드리며 책을 집필하는 동안 따뜻한 응원을 해 준 두 딸 연화와 선영에게 고마움을 전합니다.

김창용 · 김영주

차 례

Part 1

교육현장에서 바라보는 고민

- 스마트 폰에 중독되어가는 아이들
- 부모의 의존도가 높은 아이들
- 바이러스에 대응하는 힘이 부족한 아이들
- 스트레스를 조절하는 힘이 약한 아이들
- 혼란 속에 언택트(Untact) 시대를 맞이하는 아이들
- 개인주의, 이기주의로 커가는 아이들
- 도덕성이 결여되어가는 아이들

스마트 폰에 중독되어가는 아이들

영주 "노 모 포비아 증후군이라는 말을 들어 봤어요?"

창용 "아니? 그게 뭔데요?"

영주 "노 모바일 폰 포비아(No mobile-phone phobia)의 줄임말인데요. 스마트 폰이 없으면 초조해지거나 불안감을 느끼는 증상을 말하는데, 당신도 비슷한 증상이 보이는 것 같은데요? 잘 때도 꼭 옆에 두고 자잖아요. 보물처럼."

창용 "스마트 금단현상 일세. 일종에 담배의 금단현상 같은 거겠지요?"

영주 "요즘 아이들은 그걸 '스몸비'라고 말 한데요."

창용 "스몸비가 또 뭔데요?"

영주 "스마트 폰 좀비를 줄여서 스몸비 라고 말 한데요."

창용 "나도 스몸비 인지 아닌지 자가진단 가능할까요?"

영주 "당연히 가능하죠. 일반적으로 휴대폰을 수시로 만지작거리거나 손에서 떨어진 상태로 5분도 채 버티지 못한다면 스마트 금단현상이라고 할 수 있다고 한데요."

창용 "당신 말 듣자니 내가 왜 찔리지? 아이들은 왜 스마트 폰에 집착할까? 이유가 있지 않을까요?"

영주 "CNN뉴스에서 보니까 스마트 폰 집착은 아이가 다른 친구들 사이에 끼지 못할까봐 느끼는 불안감과 공포와 연관이 있데요. 이 증상이 심각해지면 강박적으로 매달리고 이러한 현상이 오래가면 중독으로 이어질 위험이 높다고 하네요."

창용 "중독이라 ~ 정말 걱정이 되는데요. 이제는 아이의 휴식 시간마저도 스마트 폰에 빼앗기고 있고 잠을 자면서도 손에서 스마트 폰을 놓을 수 없는 아이의 모습을 가만히 들여다봐야 할 때인 것 같네요."

영주 "우리 함께 관심 있게 살펴봐 주자고요. 아이들이 자제력을 길러 낼 수 있도록 따뜻한 말 한마디라도 해 준다면 변화의 시작이 될 수도 있지 않겠어요?"

창용 "그렇게 해야겠네. 이제는 통신을 기반으로 모든 것이 연결되는 세상이 온 것이 맞나 봐요."

영주 "그런 것 같아요. 그런데 발전하는 만큼 문제도 발생되는 것 같아요. 예를 들어 클라우드, 빅 데이터에 보관된 다양한 정보들은 편리함도 주지만 반대로 해킹으로부터 위협도 받고 있잖아요?"

창용 "맞아요. 편의를 제공해 주는 각종 기계에 무조건 사람들이 의존하기 시작했고, 지금은 의존도가 이미 위험 수준까지 넘었다고 해도 과언이 아닌 것 같아요."

영주 "그러게요. 스마트 폰 기기에 지나치게 의존해서 전화번호나 기념일 등 일상생활에 필요한 정보를 잊어버리는 현상을 디지털 치매라고 말들을 한 다네요."

창용 "디지털 치매요? 정말 맞는 말에 이름도 잘 들 붙이네요."

영주 "우리 아이들이 생활의 편의를 제공하는 스마트 기기에 의존하는 습관이 앞으로도 계속 이어져나간다면 기계 없이는 아무것도 하지 못하는 사태가 생길 수도 있을 것 같아요."

창용 "그런 시대가 오면 정말 걱정이네요."

이렇듯 스마트 폰 중독은 아이들에게 다양한 문제를 야기할 수 있습니다. 가장 큰 문제는 여유와 휴식시간이 줄어 만성 수면부족으로 일상적인 생활에 지장을 초래하는 것입니다.

미국의 마커스 라이클(Marcus Raichle)이라는 신경 과학자는 아이들이 건전하고 다양한 생각에 몰두 할 때 상상력과 창의력, 통찰력이 높아진다고 합니다. 그러므로 창조적 발상을 잃지 않도록 하기 위해서는 뇌가 쉴 수 있는 시간을 충분히 주어야 한다고 합니다. 하지만 주입식 교육으로 인한 메마른 정서와 스마트 폰 사용으로 아이들은 이미 정서적 위기를 맞이하고 있는 것이 현실인 것 같습니다.

정서적 위기에 서 있는 아이들은 우리 세대 보다 훨씬 더 바쁘게 살고 있습니다. 매일 정신없이 시간에 쫓기며 전전긍긍하면서 살다 보니 아이들이 느껴야 할 마음의 여유와 사색을 송두리째 빼앗기고 있습니다. 그러다 보니 짧게 주어진 여유시간 마저도 스마트 폰에 온전히 시간을 쏟고 있습니다.

예를 들면 아이들이 길을 걸을 때나, 밥을 먹을 때도, 집으로 귀가를 해도 아이들은 어디론가 전화를 하거나 핸드폰 속 영상을 보면서 스마트 폰을 손에서 떼지 않습니다. 이제 스마트 폰이 없으면 버스노선은 누가 가르쳐 줄 것이며, 요리는 어떻게 해야 하는지 모를 것입니다.

스마트 폰이 없다면 다른 소통방법은 어떻게 해야 하는지 걱정까지 되는 시대입니다. 그만큼 편리함도 있지만 스마트 폰으로 인해 잃어가는 것도 많다는 것입니다. 다시 말해 스마트 폰은 언제 어디서나 아이들에게 정보를 줄 수 있는 편리함을 가지고 있습니다.

반대로 스마트 폰이 손에 없다면 아이들은 어떻게 생활을 할까요? '누구한테 톡이 오면 어쩌지?', '전화 오면 어쩌지?'라며 초조한 마음을 갖고 생활하지 않을까 생각됩니다.

오히려 아이는 스마트 폰에 지배를 당해 신체적으로나 정신적으로나 건강을 모두 잃게 됩니다.

사람들이 뭐든지 빨리 해결하고 빨리 처리하려고 하면 결국 병이 나는 이치처럼 왜 아이들이 아프거나 중독이 되고 나서야 해결점을 찾으려 하는지 모르겠습니다.

아이들은 왜 스마트 폰을 좋아할까요? 아마도 신과 같은 신기한 존재이었거나 부모, 가족에게 느껴야 할 위로와 안식처, 한없이 의지하고 싶은 만사형통 해결사인 신통한 물건이라 좋아할 것 같습니다.

그렇다면 아이들은 왜 스마트 폰이 절실히 필요했을까요? 스마트 폰의 SNS를 이용하지 않으면 아이들은 친구들 간의 관계가 원만하게 이루어지기 어렵다는 이야기를 합니다.

코카콜라가 우리나라 10대-30대 남녀 천 명을 대상으로 한 설문조사 결과를 보면 SNS를 통해 대화를 하면서 외로움을 느꼈다고 답한 사람이 63%에 달한다고 합니다.

그 이유는 '실제 만남이 줄어들어서, 진심을 느낄 수 없어서'로 나타났습니다. 결국 아이들은 SNS로 빠르게 소통하는 것 같지만 내면적 외로움은 더 많이 느낀다고 해석될 수 있습니다. 미국은 자녀들에게 인터넷과 스마트 폰 사용을 엄격하게 규제하고 있습니다.

그 중 아이패드를 만든 스티븐 잡스도 본인 아이들은 스마트 폰을 쓰지 못하게 했다고 합니다. 그는 아이와 긴 테이블에 앉아 하루 생활한 이야기를 나누는 것은 물론 읽은 책에 대해 서로 의견을 나누면서 토론을 한다고 하니 참으로 예상 밖의 일이 아닐 수 없습니다.

앞으로 우리 아이들이 스마트 폰에 중독되어가는 것을 막기 위해서는 자제력이라는 힘을 길러야 합니다. 자제력이라는 것은 스스로 자신을 통제하는 힘이라고 할 수 있습니다. 또한 자제력은 아이가 해야 할 때와 하지 말아야 할 때를 구분할 수 있는 능력이기도 하면서 감정을 조절할 줄 아는 힘이기도 합니다.

생각 정화

하나 : 아이가 스마트 폰에 열중하기보다 부모와 대화 하는 것이 훨씬 흥미롭고 가치 있다고 생각하면 스마트 폰을 손에 쥐고 있을까요? 친구와 땀 흘려 공차고 놀 때, 책이 좋아 공부가 재미있다면 지금처럼 스마트 폰을 사용할까요? 지금 아이들은 부모와의 대화나 공부, 공차기보다 스마트

폰이 더 재미있기 때문에 아이의 삶 전체에 스마트 폰 사용 비중이 높은 것입니다. 아이들이 스마트 폰 사용을 줄이는 해법은 바로 어른들이 스마트 폰보다 더 재미있게 아이와 놀아주면 좋겠습니다.

둘 : 아이가 갖추어야 할 인성덕목 중 하나는 조절능력입니다. 그런데 아이들은 바다와 같은 정보량을 처리할 정신력을 키울 시간도 없이 인터넷, 스마트 폰 활용능력을 순식간에 배워 나갔습니다. 동시에 조절능력을 키우는 디지털 인성에 관한 내용도 같이 배웠으면 좋았었을 텐데요.

디지털 인성교육은 과잉정보로 인해 아이가 정보에 무감각해져서 스스로 합리적인 선택을 하기보다는 타인의 선택에 따라가게 되는 경우가 생기는 것이죠. 아이들이 정보를 수용하기에 앞서 정신력에서 오는 조절능력을 길러 주어야 하는데 부작용이 일어난 셈입니다.

정신력에서 오는 조절능력이 조화롭게 성장했다고 하면 지금보다 훨씬 아이들이 효율적으로 스마트 폰을 사용했을 것입니다.

스마트 폰 중독에 노출되어 있는 많은 아이들이 앞으로 중독을 예방하고 일상생활에서 바람직한 스마트 폰 이용수칙을 익혀 건강한 발달을 도모해야 합니다. 그러기 위해서는 친구 같은 부모, 재밌고 맛있는 교육이 될 수 있도록 처방전을 내려주면 좋겠습니다.

부모의 의존도가 높은 아이들

영주 "요즘 부모들은 잘 키우자는 이유로 아이의 매니저 역할을 자처하는 것 같아 보여요. 예를 들면 미술학원 갔다가 바로 수학학원 가라. 그리고 건강도 해야 하니까 운동도 하게 태권도 학원에 가라. 가만히 들여다보면 아이의 선택권은 부모에게 있는 것 같아요."

창용 "그러게요. 요즘 부모는 아이에게 지나치게 애정을 베풀고 있는 것 같아 안타깝네요. 아이가 스스로 잘 놀아본 경험도 있어 봐야지 심하게 다치지 않는데 말이에요. 오히려 넘어 져 봐야 다시 일어나는 것도 배울 수 있지 않겠어요?"

영주 "맞는 것 같아요. 그럼 넘어져 본 경험이 없는 아이는 일어나는 법도 모르는 것 아닐까요?"

창용 "다 그런 건 아니겠지만 보편적으로 잘 놀아본 아이에 비해 귀하게 자란 아이들이 몸과 마음이 허약한 것은 맞는 것 같아요. 내가 바라본 요즘 아이들은 몸과 마음이 허약해서 정말 큰일 이예요. 부모의 애정과다가 아이를 의존과다로 변하게 하는 것 같아요. 만약에 아이가 부탁 하지도 않았는데 돕거나 참견하는 부모가 있으면 아이는 어느 순간 의존적으로 되어버릴 우려가 생길 수 있다고 봐요."

영주 "그러면 안 되지요. 몸과 마음이 허약한 아이를 좀 더 강하게 자랄 수 있게 하려면 어떤 방법이 좋을까요?

창용 "아마도 자존감을 먼저 길러주고 그리고 자립심도 함께 길러야겠지요?"

영주 "그렇겠어요! 정말 좋은 생각이네요. 그런데요 근래 이상한 일을 본적이 있어요?

창용 "무슨 일 인데요?

영주 "몸과 마음이 건강해 지려면 우선 아이의 자존감과 자립심을 길러야 하는데 어떤 아이는 엉뚱하게도 자존심만 키우고 있더라고요. 자존심 빼면 자기는 시체라면서 어깨에 힘을 팍 주고 이야기 하더 라니까요. 그 아이는 다리를 다쳐 무릎을 수술 했는데도 보행기를 안 끌더라고요. 가우가 있지 쪽 팔린다고요. 아이들이 말하는 쪽이 결국 자존심이겠죠?"

창용 "오~그러게, 그 녀석 정말 엉뚱 한데가 있네. 세상에 쓰잘데기 없는 것이 바로 자존심인데, 수술까지 했으면 자존심 좀 버리고 완쾌를 위해 보행기에 의존 했으면 좋았을 텐데 말이에요. 아이들이 말하는 그 자존심은 뭔지 … 허허허"

영주 "그러게요. 가만히 아이들을 들려다 보니 저마다 다른 환경에서 자랐고, 또 저마다 다른 부모의 양육방식에 따라 아이도 다르게 성장하는 것 같아요. 자녀를 얼마나 자립심 있게 키우느냐, 아니면 의존적이고 자존감 있게 키우느냐는 실은 부모에게 달린 것 같아요."

창용 "부모의 역할이 정말 중요하지요. 대다수의 부모가 알고 있는 '자립'이라고 하면 무엇이든 혼자서 해내는 것이라고 생각하기가 쉬워요. 하지만 자립의 진정한 뜻은 내가 스스로 할 수 있는 일은 자신의 힘으로 해결하고, 만약 자신의 힘으로 해결할 수 없는 문제가 생기면 다른 사람에게 도움을 요청해서 해결해 나가야 한다는 뜻 이예요."

영주 "자립에 대해 저도 제대로 배웠네요. 정말 부모의 양육 태도에 따라 아이는 다르게 자라는 것 같아요. 일반적으로 과잉보호로 자란 아이는 의존도가 높은 편이지요. 다른 사람들이 모든 것을 해 주기 때문에 어려움이 닥쳐도 아이 스스로 해결할 수 없다고 믿고 부모에게 의존하게 되는 것이죠. 이런 아이는 자신감이 부족하게 되면서 열등감까지 갖게 된다고 하네요.

또 허용적인 부모 밑에서 자란 아이도 나는 아무것도 하지 않을 것이야 라는 생각을 갖고 있대요. 왜냐하면 엄마가 다 해결해 준다고 생각하기 때문이라는 거죠. 이런 아이 역시 의존도가 높고 그러다 보니 자신의 존재감이 상실되는 것도 모르고 자라게 되는 거예요. 의존적이고 존재감이 없는 아이로 키우면 결국 돌아오는 아이의 태도는 '난 잘하는 것이 아무것도 없어'라는 것이라고 하네요."

창용 "그렇겠네요. 하나 덧붙이자면 권위적인 부모 밑에서 자란 아이도 나는 아무것도 할 수 없다 네요. 엄마가 하라는 것만 하면 된다고 생각하기 때문에 자립심 없이 자라게 되는 거지요. 특히 이런 아이는 커서 시키는 일만 하는 직장을 선택해서 다닐 확률이 높다는 군요."

영주 "그럼 부모도 속상하겠어요. 정성껏 뒷바라지 했는데 시키는 일만 하는 직장에 다니게 된다면 자립심도 없고, 의존도가 높은 아이는 결과적으로 몸과 마음이 약하게 자랄 수도 있겠네요. 이러한 현상을 보면 바로 사랑으로 포장된 부모의 생각과 행동이 문제라는 것이겠죠?"

창용 "그렇다고 봐야지요. 아이들 스스로 찾아서 할 수 있는 힘을 부모가 빼앗아 버린 거지요. 괴로움도 마음의 습관인 것처럼 의존도가 습관화 되어 가고 있는 것이 현실이라고 볼 때 좀 걱정은 되네요."

영주　"아이가 할 수 있는 힘을 부모가 빼앗으면 안 될 말 이지요. 그렇다면 우리네 부모는 어떤 생각으로 바뀌면 좋을까요?"

창용　"자립심과 자존감을 길러 주기 위해서는 사실은 먼저 해야 할 일이 있기는 해요."

영주　"먼저 해야 할 이 무엇일까요?" 아마도 그건 바로 아이가 하고 싶은 일을 먼저 찾아주어야 하는 것이겠네요. 아이 스스로가 좋아하는 일을 찾아서 한다면 자연스럽게 자존감은 상승이 되면서 자립심도 생기게 되는 것 아닌가요?"

창용　"맞았어요. 그런데 아이가 하고 싶은 일이라든지 좋아하는 일을 부모가 어떻게 하면 찾아 내 줄 수 있을까요? 무슨 방법이 없을까요?"

영주　"있어요. 방법은 꼭 있기 마련 이예요. 부모는 아이가 좋아하는 일을 찾고 싶으면 먼저 아이를 잘 관찰하고 기록하는 데서부터 시작해야 하는 거예요. 아이가 시간가는 줄도 모르고 하는 일에 열중한다면 어떤 일에 열중하는지 반드시 기록해 두어야 해요.

그리고 밥 먹는 시간조차 잊어버리면서까지 몰두 하는 일이 있다면 그 시간도 기록해 두어야 해요. 또한 밤잠을 자지 못해도 무언가 몰입하면서 행복해 한다면 그것이 어떤 일이든 작업이든 기록으로 남겨 두어야 해요.

그 기록이 쌓여갈 때 부모는 공통점을 찾게 될 것이고, 그 공통점을 확인한 부모는 내 아이가 어떤 일을 하면 좋아하고 행복해하는지를 단번에 알 수 있어요. 역으로 해석하자면 그렇게 열중하는 일이 곧 아이의 직업이 된다면 아이는 좋아하는 일을 하면서 행복한 삶을 살 수 있겠다는 생각을 부모가 갖게 될 것 이예요.

다시 말하면 아이가 좋아하는 일은 타고난 개성일 수 있으니 이제는 그 개성을 발현해 나아갈 수 있도록 도와주는 일이 부모의 몫이 아닐까 생각이 되네요."

창용 "그렇군요. 아이들이 좋아하는 일을 하면서 살게 되면 행복은 당연히 따라 오겠네요."

영주 "나도 그렇게 생각해요."

창용 "이제 알겠어요. 왜 자신감 있는 아이로 키워야 하는 지를요. 또 부모의 의존도가 높은 아이들은 자존감과 자립심을 우선 먼저 길러주어야 하는 것도요."

영주 "맞았어요. 그런데 부모는 자식이 성공하기를 바라지만 아이들이 커서 성공하지 못하는 가장 큰 이유는 뭔지 아세요?"

창용 "모르겠는걸요. 뭔데요?"

영주 "성공에 대한 의지나 자신감이 없는 상태에서 성공하기를 바라는 것은 로또를 사지도 않고 당첨되기를 바라는 것과 다를 바가 없어요. 성공하지 못하는 가장 큰 이유는 바로 자신감 결여가 원인 인 것 같아요. 자신감을 키워야 성공의 길로 출발 하게 되는 거잖아요."

창용 "그렇군요. 앞으로 우리 사회는 많은 변화를 가져오게 될 거예요. 세계화도 그렇고 인공지능 시대가 오고 있는데 좀 더 경쟁력 있는 사람들이 살아남게 된다고들 하네요. 아쉽게도 시키는 일만 잘하고 누군가에게 의존하면서 주어진 관습을 따르는 것만으로는 더 이상 잘 살지 못할 확률이 높을 것 같아요.

이제는 아이들 인생에서 무엇을 중요시 여기는지 알아야 그에 맞는 선택을 통해 강력한 가치를 가진 자기만의 인생을 만들어 나갈 수 있게 도와야 할 것 같아요. 그러기 위해서는 정말 어렸을 때부터 자존감과 자립심을 길러야 자신감 넘치는 삶을 살게 될 테니까 말 이예요."

영주 "공감되네요. 우리 어른들이 함께 노력해 봐요."

많은 어른들은 어떤 사랑이 진정한 자식 사랑인지 모르는 것 같습니다. 우리 부모는 아이를 어떻게 사랑해야 하고 어떻게 교육해야 하는지 전혀 교육을 받지 않은 채 결혼하고 아이를 낳고 기르게 된다는 것이죠. 더 좋은 환경, 좋은 선생님한테 교육받게 해주고 싶은 것은 당연한 부모의 마음일 것입니다.

그러한 부모 마음이 크기에 사랑이라는 이름 아래에 부모는 아이의 생활에 깊숙이 관여하게 되고 아이는 자신만이 누려야 할 자율권과 선택권조차 박탈당하고 맙니다.

이러한 환경 속에 자라난 아이들은 자신도 모르게 부모나 다른 사람에 대한 의존도가 높아져 버립니다. 오히려 의존하는 것에 더 편안함을 느끼고 아이 자신의 스스로 생각해 낼 수 있는 힘이 있는데도 불구하고 부모나 다른 사람이 선택한 삶을 살면서 편안함을 유지하려고 합니다. 아이 자신의 몸에서 편안함을 느끼지 못한다면 세상에서도 절대 편안함을 느낄 수 없습니다.

또 아이는 자신의 편안한 삶의 뒤에는 자기의 존재감이 사라지고 있는 것도 모른 채 말입니다. 이런 아이는 점점 존재감이 작아지다보니 매사에 자신감이 떨어지고, 자신감이 떨어지다 보니 자연스럽게 자립심도 상실되어 가고 있습니다.

또 자존감은 이런 것입니다. 자존감이 높은 사람은 실수에 대한 집착을 하지 않고 인정하며, 문제나 실망한 일이 있어도 꿋꿋하게 해결해 나갑니다. 감정이 격해진 상황에서도 감정 조절이 가능하고 열등감을 가지지 않기도 합니다. 저마다 각자 개성과 재능이 있다는 것을 수용할 줄도 알기 때문입니다.

반대로 자존감이 낮은 아이들은 삶에 초점을 남에게 맞추게 되고 부정적인 태도가 싹터 원만한 대인 관계를 유지하기 어렵습니다. 그러다 보니 행복하지 않고 나의 가치를 아무도 인정해 주지 않는다는 생각이 지배적이다 보니 극단적인 생각까지 하게 됩니다.

이렇게 자존감이 낮은 아이는 자기비하, 열등감에도 시달리기 마련입니다. 우리네 부모는 아이 스스로 자기 존중 감을 함양하는데 노력하면서 살아갈 수 있도록 안내해 주어야 합니다. 그래야 세계 1위 불명예 자살국가에서도 탈피 할 수 있는 해법이 되기도 합니다.

따라서 아이들의 존중과 자존감을 키울 수 있도록 아이 개개인의 가치를 존중해 주어야 할 것입니다. 나아가 타인 존중과 배려로 다른 사람들도 나와 동일한 존엄성과 권리를 지닌 존재임을 인식하게 해 주어야 합니다.

한편 요즘 아이들은 부모나 교사를 자신과 동등하게 생각합니다. 그런 마당에 억압적인 옛날식 교육이 통할 수가 없습니다. 그러면서도 아이는 상처도 쉽게 받습니다. 아이들은 멀리서 상처를 받는 것이 아닙니다. 가장 사랑하는 사람에게 상처를 받는 것입니다. 상처와 고난이 약이 되느냐, 독이 되느냐는 가장 가까이 있는 사람이 얼마나 잘 공감해 주고 길잡이 노릇을 해 주느냐에 달려 있습니다. 이것이 바로 부모의 역할이라고 생각이 듭니다.

오스트리아의 정신의학자로서 '개인 심리학 체계'를 수립한 아들러(Alfred Adler)는 아이를 적절하게 교육하기 위해서는 부모의 태도가 분명해야 한다고 합니다. 즉 부모나 교사는 아이가 성장해서 어떤 어른이 되길 바라는지에 대해 분명히 알고 있어야 한다고 것입니다. 그렇지 않으면 눈앞에 놓인 일에만 급급해서 정말 중요한 것을 놓치고 만다고 합니다.

아들러는 아이들의 "행동은 신념에서 나온다."라고 말하고 있습니다. 따라서 아이가 자립해서 사회와 조화롭게 살아가게끔 하기 위해서는 아이에게 적절한 신념을 주어야 한다는 것입니다.

또한 그의 심리학에 따르면 "아이가 스스로 뚜렷한 목표를 세우고 끊임없이 그 목표를 달성할 수 있게 지원하고 가르치라."고 합니다. 그러기 위해서는 먼저 자립심을 길러야 한다고 말하고 있습니다. 그리고 사회와 조화롭게 살아갈 수 있도록 끊임없이 안내하라고 합니다.

예를 들어 '나는 능력이 있다.' '나는 할 수 있다.'라는 신념을 심어주면 아이는 얼마든지 자신감과 자립심을 가질 수 있다고 보면서 인생의 문제를 자신의 힘으로 해결할 수 있게 키워야 한다고 밝히고 있습니다.

결국 위기와 시련, 고통스러운 상황을 맞이할 때 쉽게 좌절하는 아이들이 있는가하면 견디어 내고 극복해 내는 아이가 있습니다. 또 몸과 마음가짐이 얼마나 단단 하느냐에 따라 문제해결을 잘 하고 어려움을 극복하는 정도도 달라질 수 있습니다.

이런 아이들의 차이는 무엇일까요? 어렸을 때부터 자신감과 자립심을 기른 아이들 간의 차이라고 할 수 있습니다.

그렇다면 부모의 의존도가 높은 아이는 어떤 종류의 사람에 속하겠습니까? 세상에는 세 종류의 사람들이 있습니다. 첫째는 이끄는 자이고, 둘째는 끌려가는 자, 셋째는 자진해서 가는 자입니다. 그런데 세 종류의 사람은 각기 다른 행복을 느끼면서 살게 됩니다.

이끄는 자는 이것저것 관여하다보니 정신없이 바쁘게 생활하면서 앞장을 서서 일하다가 어느 순간에 보람과 행복을 놓칠 때가 있습니다. 끌려가는 자는 할 수 없이 따라가니 불평 하나도 없이 편안함에 안주하면서 행복을 느낍니다. 자진해서 가는 자는 스스로 재미있게 일하며 즐겁게 살면서 행복을 느낍니다.

아마도 부모의 의존도가 높은 아이는 두 번째 끌려가는 자가 근사치라고 볼 수 있습니다. 그렇지만 우리네 부모 마음은 똑같을 것 같습니다. 자진해서 무엇이든 스스로 할 수 있는 아이를 늘 동경하면서 애지중지 키웠을 테니까 말입니다. 하지만 애지중지 키우다보니 어느 순간부터 아이의 생활에 깊숙이 관여하게 되어 아이의 자립심이 커 나갈 수 있는 기회가 없었던 것이 아닐까 생각합니다.

생각 정화

하나 : '지지 않을 것 같이 타오르는 태양은 지고 가시지 않을 것 같던 더위도 언젠가 식습니다.' 몸과 마음이 약한 아이들일지라도 부모가 인정해주고, 격려해 주면 자연의 이치와 같이 건강해 집니다. 건강함을 잃지 않도록 인정해 주고 스스로 할 수 있도록 격려해 주면 좋겠습니다.

둘 : 완벽한 부모보다 좋은 부모가 되어 줍시다. 마음의 근육이 얼마나 단단 하느냐에 따라 아이는 문제 상황에 대해 극복하는 힘이 달라집니다. 의존도를 최대한 줄이고 자립심, 자존감을 키우는 지름길은 '나는 능력이 있다.' '나는 할 수 있다.'라는 자신감을 기를 수 있도록 다양한 경험을 자율적으로 할 수 있도록 응원해 주면 좋겠습니다.

셋 : 아이의 마음을 챙겨 봐 주면 좋겠습니다. 불균형을 잃어 몸과 마음이 허약으로 방황하는 아이에게 정서교육을 지원해

주면 어떨까요?

어릴 적부터 몸과 마음의 안정을 스스로 찾아 조절할 수 있다면 커서도 우울한 정서와 스트레스를 제어할 뿐만 아니라 자존감과 자립심이 높아져 행복하게 생활 하게 될 것으로 믿습니다. 우리 아이들이 행복한 생활을 할 수 있도록 지지해 주면 좋겠습니다.

바이러스에 대응하는 힘이 부족한 아이들

영주 "길을 가다가 아이들이 이야기 하는 소리를 듣고 한참 생각했네요."

창용 "무슨 이야기인데요?"

영주 "아이들이 신경이 예민해 졌는지 기침하는 친구한테 너 코로나 바이러스 걸린 것 아니냐고 묻더라고요. 짜증 섞인 대화가 오고 가는 것을 들으니까 마음이 안 좋네요."

창용 "참 큰일 일세!"

영주 "오늘도 아이들에게 미안한 말만 한 것 같아요. 땀 흘려 뛰어놀 아이들에게 쉬지 않고 얘기하고 있는 내 모습이 한없이 작아 보이네요. 거리 두고 서라, 앉아라, 밥 먹을 때 이야기 하지 말라, 마스크를 챙겨라, 사람이 많은 곳은 가지 마라, 손은 깨끗이 씻어라, 정말 아이들이 마스크 쓰고 생활하느라 얼마나 답답하고 힘든 줄 알아요?"

창용 "정말 덥고 힘들지. 그래도 요즘 아이들이 마스크를 쓰고 자주 손 씻는 모습을 지켜보면 대견하기도 해요."

영주 "맞아요. 스스로 생활방역에 힘을 쏟고 있는 아이가 눈에 띄게 늘어나는 걸 보니 다행 이에요."

창용 "그렇지만 아이들이 예측불허인 내일이 불안하긴 한가 봐요. 외부로부터는 공포감을 느끼고 아이들 내면에서는 불안감을 느끼는 것 같아요."

영주 "다들 힘든 시간을 보내고 있어요. 코로나19로 아이들의 일상생활을 송두리째 바꾸어 놓은 것 같아요."

창용 "순식간에 송두리째 바꾸어 놨지요. 예전에는 등교 전에 준비해야 할 것들이 책과 노트, 필기도구였다면 이제는 마스크, 손 소독 제, 열 체크까지 반드시 하고 학교에 등교해야 하는 일이 일상이 되어 버렸어요."

영주 "맞아요. 이제 아이들은 친구를 함부로 만질 수도 없고요. 친구들과 같은 물건도 사용할 수도 없게 되어 버렸어요. 밥도 친구들과 떨어져서 먹어야 하고, 말도 되도록 하지 않고 먹어야 하는 일상으로 바뀌다 보니 아이들도 많이 혼란스러워하고 있는 것이 사실인 것 같아요."

창용 "그렇지요. 아이들도 처음엔 정말 혼란스러워 하더군요. 그런데 교육 강국인 이스라엘에서는요. 코로나19의 장기전을 준비해야 한다는 목소리를 내고 있어요. 그래서 9월 이후 2차 팬데믹이 다시 올 수 있다고 예측하여 이를 대비하기 위한 교육을 실시한다고 하네요. 즉 교실에서 활동이 끝나면 아이 스스로 자기 책상을 소독제로 소독한다거나 아이들 스스로 자신의 몸을 바이러스로부터 보호할 수 있는 힘을 기르기 위해 노력 하고 있다고 볼 수 있겠지요."

영주 "그렇겠네요. 이제 우리도 다시 집에서만 교육하는 상황으로 돌아가게 된다면 혼란 없이 교육이 원만하게 이루어질 수 있도록 준비해야 하는 것도 우리의 숙제인 것 같네요."

창용 "그렇지요. 이렇게 갑자기 일상이 바뀌어 고통을 받고 있는 아이를 보면 안타까워요. 그렇다면 지금 아이들에게 가장 필요한 것은 무엇일까요?"

영주 "셀프백신을 처방해야지요."

창용 "어떻게요?"

영주 "교육으로요."

창용 "어떤 내용으로요?"

영주 "몸을 공부해야지요. 결국 우리 몸을 잘 알고 지키는 아이들만이 바이러스를 물리칠 수 있다고 생각해요. 예를 들어, 자연 속에서 안전을 지키려면 야생동물의 위협들로부터 자신을 보호할 줄 알아야 하듯이 우리 몸을 알아야 바이러스도 물리치게 되는 것이겠죠."

창용 "그렇겠군요. 이제는 바이러스가 무서운 존재라고만 알려 줄 것이 아니라 정확히 바이러스가 왜 몸속에 들어오면 문제인지를 알려 주는 것이 맞을 것 같아요. 결국 바이러스를 물리치려면 바이러스가 무엇인지 정확히 알아야 물리칠 수가 있겠네요. 그렇다면 우리 아이들에게 기본적으로 알아야 할 것들을 어디서부터 어디까지 알려 주어야 할지 기준을 세우기가 좀 어려운데요?"

영주 "아이들을 위해 좀 조사해봤는데요. 바이러스는 세균과 달라서 혼자 힘으로는 살 수가 없는 존재래요. 예를 들어 세균은 손에도 붙어살고 음식에도 붙어살고 우리가 사용하는 물건에도 붙어서 살지만 바이러스는 살아있는 생명체 안으로 들어가야 활동 할 수 있다고 하네요."

창용 "살아있는 생명체 안으로 들어와야 산다고요? 그래서 무섭게 전파 되어서 몸속으로 바이러스가 들어와서 사람들을 힘들게 하는 것이군요."

영주 "그래요. 바이러스가 전파되어 생명체를 가진 사람에게 뚫고 들어와 몸속에서 바이러스를 증식하고, 또 다른 사람에게 전파되어 퍼져 나가는 것 이예요."

창용 "그렇군요. 전파하는 방법은 다양한데 이번 코로나19는 기침이나 재치기를 통해서 전파될 수 있데요. 결과적으로 호흡기로 들어가는 것이겠죠? 그렇다면 우리는 이러한 바이러스를 어떻게 대응해야 할까요?

영주 "소낙비가 오면 피해야지요? 마찬가지로 바이러스를 피해야 하는 것인데 피할 수가 없다면 싸우는 방법을 알아야겠지요. 피하지 못해 바이러스에 감염 되었다면 우리는 바이러스를 제대로 알고 잘 싸워서 이겨야 되는 거예요."

창용 "그렇다면 싸울 때 중요한 것은 몸속에 들어와 있는 바이러스가 양적으로 증식을 하지 못하게 해야겠네요. 백신이 있었으면 주사를 맞고 바이러스를 죽일 수 있을 텐데 백신이 없다보니 우리가 제대로 알아야겠네요."

영주 "맞아요. 양적 증식을 못하게 하고 다른 사람에게 전파를 막기 위해 자가 격리를 하는 거예요."

창용 "자가 격리 된 사람은 정말 힘든 시기를 겪고 있을 것 이예요. 지금은 백신이 빨리 나오기를 기대해야지요."

영주 "그래서 몸속 바이러스를 죽이기 위해 백신이 필요해서 전 세계가 백신 개발에 고군분투 하고 있는 중이군요."

창용 "그렇지. 백신이 빨리 개발되어 우리 아이들에게 안정감을 찾아 주어야 할 텐데 정말 걱정이네요."

영주 "백신이 나오기 전까지 우리는 스스로 대응할 수 있도록 셀프처방을 해야겠네요. 힘들겠지만 바이러스에 감염되면 우리 몸이 스스로 바이러스를 무력화 시켜 이기는 방법 밖에 지금은 없겠네요."

창용 "그렇게 봐야겠지요."

영주 "우리 몸속에는 바이러스를 물리칠 수 있는 면역세포라는 것이 있데요. 그 면역세포는 바이러스에 감염된 세포들을 죽일 수 있다고 하네요."

창용 "감염된 세포를 몸속에서 죽이기 위해 어떻게 해야 되는 데요?"

영주 "바이러스를 물리칠 수 있는 전략은 3가지씩이나 있어요. 첫 번째는 염증반응이래요. 세포가 바이러스에 감염되면 몸속에 있는 각종 다른 면역세포들이 모여 들어 감염된 바이러스와 싸우게 된 다네요. 싸우니까 열이 나는 것이래요.

두 번째는 면역반응이래요. 바이러스를 대응하는 항체를 만들어서 감염된 바이러스만을 죽이는 것이래요.

세 번째는 발열반응이래요. 열이 발생되는 것이지요. 바이러스에 감염되었을 때 열이 나는 건 일종의 방어 반응이래요. 바이러스가 몸속에 들어오면 우리 몸이 정상체온보다 3-4℃ 스스로 올린대요. 3-4℃ 열이 올라가면 면역세포들이 활약을 잘 하게 되고 반면에 바이러스 증식이 둔화되기 때문이라네요.

물론 열이 나면 힘들겠지만요. 열이 나야 바이러스도 물리칠 수 있다는 거예요. 어느 정도 발열은 오히려 바이러스와 싸워 이기는데 이로움이 있대요. 바이러스 증식이 억제되어야 낫는 거니까요. 우리 몸은 정말 대단한 것 같아요."

창용 "듣고 있자니 정말 우리 몸 안에 세포들이 대단하네요. 그 옛날 백신 없이도 다 살 수 있었던 것이 이런 이유가 있었네요. 그러면 몸속에 면역세포가 힘이 센 것이 중요하겠네요. 어떻게 하면 우리 몸속에 있는 면역세포를 강하게 만들 수 있을 까요?"

영주 "방법이 있어요. 먼저 잠을 충분히 자야 해요. 영양제 먹는 것보다 충분한 잠을 자는 것이 더 좋대요. TV를 보거나 스마트 폰을 오래하다 피로감을 느끼면 기운도 떨어지고 면역력도 떨어지기 마련이니까 TV를 보거나 스마트 폰 사용을 최대한 줄여야 해요. 그리고 만성염증을 유발하는 음식을 적게 먹어야 해요. 만성염증이 자주 생기면 우리 몸의 면역세포들이 지친데요. 그래서 바이러스가 몸속에 들어와도 싸워 이기는 힘이 떨어진대요.

만성염증을 일으키는 대표적인 음식으로 패스트푸드, 설탕이 많이 들어간 아이들이 좋아하는 음식들이에요. 아이스크림, 콜라, 사이다, 달콤한 빵, 주스, 과자 같은 것이겠죠.

그리고 트랜스 지방이 많이 함유된 튀긴 음식량을 줄여야 한데요. 반면에 각종 채소를 골고루 다양하게 먹어야 해요. 각종 채소는 유익한 미생물이 많아서 장내에 건강한 미생물을 만들어 장이 건강해 질 뿐 만 아니라 면역세포도 강해지기 때문에 야채나 채소를 많이 먹어야 한데요."

창용 "그래서 오늘 저녁 밥상이 모두 풀이었군요? 하하하. 여하튼 백신이 나오기 전까지는 우리가 셀프 방역과 셀프 처방에 최선을 다해야 감염을 최소화 할 수 있겠네요. 오늘부터 더욱 손도 잘 씻고, 마스크도 꼭 쓰고, 채소도 많이 먹고, 물도 많이 마셔야겠네요. 지금에 우리가 할 수 있는 최선의 대응 법이겠네요."

영주 "맞아요. 잘 들어줘서 고마워요. 백신 나오기 전까지 우리 가족 건강과 우리 아이들 건강은 우리가 지켜 내 자구요."

창용 "그러 자구요."

전 세계에 코로나19 확진자와 사망자가 날로 늘어가고 있습니다. 이스라엘의 역사학 교수인 유발 노아 하라리(Yuval Noah Hararl)의 『호모 데우스』(Homo Deus)라는 책에서 21세기 초를 살아가는 보통 사람들은 가뭄, 전염병과 싸우게 된다고 합니다.

그 옛날 흑사병으로 2억 명에 이르는 사람 목숨을 앗아갔고, 그로 인해 잉글랜드는 220만 명의 인구가 줄었다고 합니다.

피렌체 역시 10만 명 시민 가운데 5만 명이 목숨을 잃었습니다. 천연두, 독감, 홍역, 사스, 신종플루, 에볼라에 이어 속수무책으로 코로나 바이러스 전염병이라는 것을 인류가 겪고 있습니다.

그럼에도 불구하고 전 세계가 하나가 되어서 바이러스 전염병을 통제할 수 있는 것은 지금의 경이로운 경제성장 덕분으로 볼 수 있겠습니다.

이러한 경제성장은 교육의 힘으로 발휘되었다고 해도 과언이 아닙니다. 아이들도 사회 속에서 사회의 구성원으로 살아가기 위해서는 반드시 교육을 받아야 합니다. 코로나19보다 더 무서운 바이러스 전염병이 몰려오는 세상이 온다면 아이들이 우선 익혀야 할 것은 세계를 이해하는 능력을 키워 주는 것이 중요하다고 봅니다.

그리고 다양한 정보를 이해하는 능력과 중요한 것과 중요하지 않은 것을 식별하는 능력, 많은 정보들을 조합해서 큰 그림을 그릴 수 있는 능력도 가르쳐야 합니다.

더 나아가 새로운 변화에 대처하는 능력, 새로운 것을 학습 할 수 있는 능력과 위험으로부터 자신을 보호하는 능력 또한 키워주어야 합니다.

더불어 확진자 또는 의심자가 주변에 있을 때 불안한 모습보다 희망을 전해 줄 수 있어야 하고 위기에 섰을 때는 공동체 생활 수칙을 반드시 지켜 나갈 수 있도록 해야 합니다.

불안을 증폭한 가짜뉴스와 루머를 분별할 수 있는 힘을 기르고, 서로 돕고 응원하는 응원자가 될 수 있도록 지금부터 더욱 세심하게 배려하고 안내해야 할 것입니다.

생각 정화

하나 : 백신이 있을 때는 모르고 왜 없을 때만 소중함을 깨닫게 되는지 모르겠습니다. 늘 당연한 것에 대한 소중함도 모르고 살았던 것 같습니다. 건강을 잃고서야 그 간절함을 알고, 사람을 잃고서야 그 소중함을 알게 되는 것처럼 말입니다. 실은 "죽는 것보다 사는 것이 좋지 않을까요?" 따라서 코로나19를 계기로 아이들에게 새로운 삶의 의미와 내 몸의 소중함을 알고 일깨우는 기회로 만들어 주면 좋겠습니다.

둘 : 역발상입니다. 코로나19로 인한 걱정은 뒤로 하고 가정에서 아이와 신명나게 놉시다. 특히 놀이 중 게임은 규칙, 승패, 경쟁적 상황, 화합 등 즐거움을 추구하는 놀이들요.

부모가 아낌없이 아이들과 시간을 보내고 긍정적인 관심을 쏟는다면 아이와 부모사이는 호떡같이 꿀맛 나는 돈독한 사이가 될 겁니다. 관계가 잘 쌓이면 자라나는 과정에서 아이들이 어려운 문제가 생길 때 소통이 잘되어 걱정하는 마음과 아파하는 시간이 훨씬 줄 것입니다. 처음은 힘들겠지만 함께 도전해 보면 좋겠습니다.

셋 : 내가 감염될까 두려워하는 세상보다 혹여나 나로 인해 다른 사람을 위험에 빠뜨리진 않을까 하는 걱정인 마음도 길러 낼 수 있도록 해야 합니다.

이것은 아이가 갖추어야 할 인성덕목 중 하나인 배려를 배우는 길입니다. 배려는 다른 사람을 도와주거나 보살피는 마음이라는 것을 자신 있게 말해 주면 좋겠습니다.

넷 : 소통과 돌봄의 마음 지도가 필요합니다. 걱정, 두려움, 불안을 해소하는 방법에 대해 알려주어야 합니다. 또 "너 때문에 나도 걸렸잖아!"라는 비난이나 모욕, 그리고 냉소적 태도와 혐오의 말을 들을 때 소통하고 대응하는 방법도 설명해 줘야 합니다. 답답할 때, 짜증나고 지루함의 감정을 다루는 방법과 불안을 견디어 낼 수 있는 단단한 마음을 키우는 방법도 알려주면 좋겠습니다.

스트레스를 조절하는 힘이 약한 아이들

영주 "요즘 아이들이 공부에 대해 과도한 스트레스가 쌓이나봐. 스트레스를 오래 참고 마음속에 담아두면 어떻게 될까요?"

창용 "화병 나겠지요. 그러다 터져 버릴 거야. 터져버리는 순간 통제 불능상태가 되는 것이겠지요."

영주 "맞아요. 스트레스를 받는 여러 가지 이유가 있을 거예요. 예를 들어 부모와 공감대가 잘 형성이 안 된다던가 아니면 아이에게 맞지 않게 부과되는 무리한 공부일 것 같아요."

창용 "잘못된 사랑에 의한 간섭이 아이들에게 가장 좋지 않아요. 아이를 과잉 사랑을 하면서 자녀를 통제하거나 지시하면 당연히 자녀는 어긋나게 되어 있지요."

영주 "스트레스를 그때마다 풀어야 하는데 아이들은 어떻게 풀까요? 소리쳐 보기도 하고, 싸우고, 도망가고, 멍 때리기도 하고, 폭식하거나 정신없이 잠을 잘 수도 있겠지요. 아이들을 지켜보니까 스트레스 푸는 방법이 저마다 다른 것 같아요. 아이들은 또 하지 말아야 하는 말도 너무 쉽게 내뱉는 것도 요즘 걱정 이예요. 심지어 스트레스 때문에 죽고 싶다는 말을 너무 쉽게 하는 것 같아요. 심하면 비관자살도 생각한다던데 이걸 어떻게 막을 수 있을까요?"

창용 "참으로 어려운 일이예요. 아마 모르긴 해도 아이가 극도로 스트레스를 받아 죽으려고 나무에 목을 매려고 할 때, 호랑이가 나타났다고 하면 어떻게 될까요? 무서워서 얼른 나무에서 내려와 살려 달라고 도망칠걸요. 아이들은 진짜 죽으려고 목을 매는 것이 아니라 죽고 싶은 마음을 누군가가 알아주었으면 하는 마음이 더 클 것 같아요."

영주 "맞는 것 같아요. 저도 연수를 받은 적이 생각이 나네요. 아이들은 스트레스를 받아 자살을 하려는 마음이 생기면 행동이나 언어, 그리고 상징적인 신호를 사전에 나타낸대요. 자살 사이트를 검색하고 있거나 '나 힘들어!' '죽어버리고 싶어!' '나는 사랑받을 가치가 없어!' '공부가 싫어!' 등등 언어적으로도 신호를 한데요. 또 갑자기 학교를 가지 않거나, 생활 패턴이 눈에 띄게 바뀌거나, 밤에 잠을 자지 않거나, 성격변화의 신호도 나타난다고 하네요.

그런데 아이가 극도로 스트레스를 받아 그 어떤 신호를 부모에게 보내면 그 신호를 빨리 알아차려야 하는데, 아이의 신호를 인식 하지 못하거나 잘못 해석해서 더 큰 문제가 생길 때도 많데요. 그리고 요즘은 점점 부모 자식 간에 불통인 가정이 생각보다 많아 아이가 스트레스로 인하여 사전 신호를 해도 알아차리기는 어려움이 많다고 하네요. 어떻게 하면 아이들의 자살 예방을 도울 수 있는 방법이 뭐 없을까요?"

창용 "있지요. 일단 스트레스를 수치를 낮추어야 하지 않을까요? 스트레스 수치를 낮추기에 앞서 부모는 먼저 아이의 마음을 달래야지요. 그리고 이야기도 들어주면서 널 믿는다. 요즘 힘들었겠구나! 여러 이유로 행복하지 않았겠구나 하면서 말해주는 것이 첫 번째인 것 같아요. 그럼에도 불구하고 스트레스로 인하여 아이들 마음이 더욱 많이 아픈 가봐요. 그것도 모자라 우리나라 아이들이 전 세계에서 행복감 지수까지 꼴지 라네요."

영주 "정말요? 행복감 지수가 우리 아이들이 전 세계 꼴지 라고? 말도 안 돼요. 내가 보는 아이들은 밝고 명랑한 아이들이 많았던 거 같은데 행복하지 않다고요?"

창용 "전부는 아니겠지만 뭔가 아이들이 힘든 게 있으니까 행복하지 않다고 하는 거겠지요? 친구들 때문일 수도 있고? 아니면 공부 때문일 수도 있고? 부모가 애지중지 키우셨을 텐데 말이지요. 많은 아이들이 행복해 지고 싶은데 행복이 뭔지 정의조차 내리지 못하는 것 같네요. 그저 마냥 행복하고만 싶은데… 행복이라는 두 단어가 너무 추상적이라 그런지 무엇을 위해 노력해야 하는지 조차도 잘 모르는 것 같긴 해요."

영주 "그렇다면 애지중지 키운 것만으로는 아이가 행복하다고 볼 수 없겠네요. 부모는 애지중지 키우면 당연히 아이가 스트레스도 안 받고 행복할 것이라는 생각이 어른의 착각일 수 있겠네요."

창용 "그렇다면 너무 슬프겠는 걸요? 행복이라는 관점이 어른의 입장과 아이들의 입장이 다르다는 건데요. 아이에게 있어서 부모의 기대치가 너무 높다고 하면 아마도 부담감을 느껴 마냥 행복하지만은 않을 수도 있겠네요."

영주 "그렇겠지요. 아이의 내면에서 느끼는 부담감이라는 감정이 점점 커지게 되면 몸과 마음이 허약해지고 행복감 지수도 떨어질 수밖에 없겠어요. 그렇게 된다면 아이는 스트레스를 받을 수 있을 것 같아요. 정말 안타까운 일이네요."

창용 "만약에, 아이가 스트레스만 조절을 잘 할 수 있다면 행복감은 잃지 않을 수도 있지 않을까요? 우리가 아이들의 행복감을 어떻게 찾아 주면 좋을까요?"

영주 "행복에 가장 기본이 되는 요소는 바로 내면에서 오는 편안함이라는 감정일 것 같아요. 불편한 감정이 아이의 마음속에 있다면 어떠한 행복감도 느낄 수 없다고 난 생각해요."

창용 "그렇겠네. 그렇다면 아이들의 불편한 감정을 없애고 마음을 편안하게 해주는 좋은 방법은 뭐가 없을까요?"

영주 "모르긴 해도 아이들의 감정을 인정해 주는 것부터 시작해야 할 것 같고, 또 아이들의 감정을 읽어줄 때 아이의 생각은 반드시 존중해 주어야 할 것 같아요. 결국 공감해 주는 것이 가장 좋은 방법이 아닐까 싶어요."

창용 "당신 말대로라면 아이들을 공감하려면 우선 관찰부터 잘해야겠어요. 그래야 아이들의 감정을 알아차리지 않겠어요?"

영주 "맞았어요. 아이를 살핀다는 것은 곧 아이를 세심하게 관찰하는 것부터 시작이 되어야 할 것 같아요. 그리고 또 하나, 아이와 공감대가 형성되면 그때부터 스트레스를 조절하는 힘을 길러주어야 한다고 생각해요. 쉽지만은 않겠지만 그래도 아이들이 매순간 어떤 스트레스 받을 수 있는 상황에서 극복하는 힘이 아이 스스로에게 있다면 아이는 결코 행복감을 잃어버리지는 않을 것이라 믿어요."

창용 "그렇겠네. 이제 알겠어요. 스트레스를 조절할 줄 아는 방법을 아이들에게 잘 교육하면 되겠네요."

영주 "맞아요. 맞아요. 스트레스나 역경을 극복하고 행복한 삶을 살 수 있다는 긍정의 힘인 회복 탄력성도 길러 주어야 되겠어요."

창용 "그런데 아무리 생각해도 절대적인 불행도 없고 절대적인 행복도 없는 것 같아요. 진정한 행복은 스스로 원하는 일을 다른 사람의 힘을 빌리지 않고 자신의 힘으로 실행하는 것이 아닌가 생각이 들어요."

영주 "결국 자신의 행복을 위해서 아이 자신이 원하는 일과 자신이 할 수 있는 일만 하는 상태가 바로 행복이겠네요? 그럼 우리는 행복한 사람이네요. 하고 싶은 일을 하니까요."

창용 "그러네요. 하하하!"

자살공화국, 우리나라를 지칭하는 불명예스러운 꼬리표입니다. OECD 국가 8년 연속 자살률 1위, 그 중 청소년 사망 원인 1위도 스트레스로 인한 자살이라고 합니다.

우리 몸은 평소에는 부교감신경계가 활성화 되어 맥박과 혈압이 감소하고 소화가 촉진되는 편안한 상태에 있다가 스트레스를 느끼고 긴장이 높아지면 코르티 솔, 아드레날린 같은 스트레스 호르

몬 물질이 생성된다고 합니다.

위험한 상황을 맞이하여 스트레스를 받을 때 아이들은 스스로 몸을 지키기 위해 정신적, 신체적, 행동적 반응이 시작되고 외부로부터 힘이 풀리면 다시 원상태로 돌아갑니다.

결국 스트레스 상황이 지나면 정신과 신체가 원래 상태로 돌아가야 하는데 스트레스를 조절하는 힘이 약한 아이는 원래 상태로 돌아가지 못하고 건강까지 크게 해치게 됩니다.

따라서 아이들은 자신에게 무엇이 스트레스인지, 어떤 상황에서 스트레스가 악화되는지 알아야 합니다. 스트레스를 파악하려면 스스로 알아차림에도 익숙해 져야 하기 때문입니다. 어느 쪽이든 스트레스가 될 수 있는 원인, 스트레스 때문에 생기는 변화를 알아둔다면 좀 더 이른 시기에 스트레스 상태임을 눈치 채서 예방할 수 있습니다.

이러한 아이들의 스트레스는 일상적인 상황에서 나타날 때가 많습니다. 친구나 공부, 그리고 가족 관계가 스트레스의 대표적인 예일 것입니다. 원하지 않는 변화로 나타나는 스트레스가 내 몸에 좋고 나쁨은 마음먹기에 달려 있다고 볼 수 있겠습니다. 따라서 변화를 내 몸에 맞도록 받아들이는 방법을 찾는 것이 중요합니다.

심리학 분야의 권위자인 켈리 맥고니걸(Kelly McGonigal) 박사는 『스트레스를 친구로 만드는 법』에서 "스트레스를 어떻게 생각하고 어떻게 행동하느냐가 여러분의 스트레스에 대한 경험을 바꿀 수 있습니다."라고 말합니다. 스트레스를 무작정 피하려고 하지 말고 스트레스를 몸이 지금 닥친 어려움에 맞서는 신호로 받아들이고 상황에 놓여진 의미에 집중해야 한다고 덧붙였습니다.

이와 관련된 하버드대 실험결과 놀랍게도 감당하기 힘든 상황을 긍정적으로 받아들인 사람들의 혈관은 이전보다 더 이완되면서 더욱 건강상태를 유지하였다고 합니다. 이러한 사실로 인해 삶의 고난과 역경이 반드시 심각한 문제를 불러 오는 것만은 아님을 알 수 있습니다.

이제부터는 스트레스를 받으면 품는 것보다 발산하는 쪽으로 또는 좋은 쪽으로 대처하는 방법을 생각해 낼 수 있도록 도와주어야 합니다.

그래야 훨씬 아이들이 정신적으로나 신체적으로 건강하다고 할 수 있겠습니다. 또한 빠르게 변화는 분주한 세상으로부터 아이들만의 방법으로 스트레스를 벗어날 수 있는 방법을 찾아낼 수 있도록 해야 합니다. 동시에 삶은 속도가 아니고 깊이를 즐길 수 있는 방법을 생각해 낼 수 있는 힘도 길러 주어야 합니다.

이런 덕담도 유용합니다. 사마천은 궁형을 당해 〈사기〉를 썼고, 주나라 문 왕은 유리에 갇혔기 때문에 〈주역〉을 풀이할 수 있었습니다. 공자는 고난을 겪었기 때문에 〈춘추〉를 지었고, 손자는 다리를 잘림으로써 〈손자병법〉을 논할 수 있었습니다. 후대에 인정받는 인물들은 대부분 고통과 좌절, 번뇌, 스트레스를 겪으면서 자신의 상황을 극복해 큰 지혜를 얻은 사실에 우리 아이들은 용기를 얻었으면 좋겠습니다.

어느 날, 아이들에게 하루 중 자신을 돌볼 시간이 얼마나 되냐고? 물었더니 없다고 대답하더군요. 아이에게 가장 불행한 일이 실은 자신을 돌볼 시간과 여유, 돌아볼 기회가 없다는 점인데 말입니다. 아이들에게 또 물었습니다.

하루 중에 가장 행복해 하는 시간은 언제냐고? 했더니, 망설이지도 않고 단번에 '놀 때요.'라고 이구동성 같은 대답이 흘러 나왔습니다. 놀이를 하면 '기뻐요.' '즐거워요.' 이렇게 표현하는 순간 얼굴에서는 스트레스라고는 찾아볼 수 없었습니다.

반면 부모의 입장은 다르겠죠? 부모의 입장에서는 성적이나 스트레스는 너만 겪는 것이 아니야 라는 생각만 해도 바로 이때부터 아이와 소통은 끊기는 것입니다. 아이의 마음을 보듬어 줄 수 있는 방법을 알 수만 있다면 정신건강도 돕고 생명존중과 자살예방도 가능한데 말입니다.

부모가 아이의 마음을 보듬어 준다는 것은 아이를 잘 관찰하고 그 관찰 속에서 아이의 감정을 살핀다는 것입니다. 아이들은 어떤 감정을 갖고 행했느냐? 그렇지 못했느냐에 따라 아이의 행동과 그

의미는 완전히 달라진다고 볼 수 있습니다. 따라서 아이의 마음을 보담아 주는 것은 곧 아이의 감정을 읽어주는 것이고 공감해 주는 것이라 할 수 있습니다.

부모가 아이의 감정을 읽어주고 공감해 주는 것이 일상화가 된다면 아이는 그 감정과 공감을 통하여 내 편이 있다는 생각에 내면의 편안함을 찾게 될 것입니다. 내면이 편안함이 커져 갈 때 아이는 바른 마음과 바른 행동으로 이어지는 동시에 반드시 행복감은 회복될 것이라고 생각합니다.

또 한 가지 스트레스를 조절 할 줄 아는 아이로 키우려면 '회복 탄력성'을 어렸을 때부터 길러 주어야 합니다. 회복 탄력성이라 함은 개개인이 가진 능력의 하나로써 스트레스나 역경을 극복하고, 고난을 이겨내어 성공적으로 적응하는 긍정의 힘 입니다. 심각한 수준의 스트레스뿐만 아니라 일상 속에서의 사소한 스트레스로 해소되지 않은 상태로 반복적으로 쌓이게 되면 위험 요소가 충분히 될 수 있어 부정적인 영향을 미치게 되는 것입니다. 크고 작은 스트레스는 어려운 환경 속에서도 그들이 가진 회복 탄력성을 발휘하여 스트레스를 극복하고 다시 일어나 재적응을 할 수 있는 것입니다. 이러한 회복 탄력성은 아이들의 정신적인 건강뿐만 아니라 아동(학생) 정서에도 연결이 되고, 나아가 행복감에도 영향을 미치게 됩니다.

회복 탄력성은 타고 난 것이 아니라 변화와 새로운 환경에 긍정적인 적응과 개인적인 발달이기 때문에 주어진 상황마다 다르게 유지 될 수도 있고 소멸 될 수도 있습니다. 우리 아이들의 역할 모델이 중요한 자원이 되는 어른이 회복 탄력적인 자질을 보이지 않으면 아이들도 회복 탄력성을 기대하기는 어렵다고 볼 수 있습니다.

생각 정화

하나 : 아이들이 스트레스 받을 때 어떤 행동을 하는지? 극도로 배고플 땐 어떻게 하는지? 친구들과 갈등이 있을 땐 어떻게 하는지 알아야 합니다. 이렇게 스트레스를 제대로 관리하려면 스트레스를 이해함과 동시에 자신에게 맞는 스트레스를 피해가는 방법과 해소법을 생각해 내야 합니다.
스트레스 관리에 좋은 방법은 몸과 마음을 편안하게 해주는 '이완'입니다. 이완의 응급 처방은 바로 '호흡'입니다. 호흡을 통해 서서히 근육을 푼다던지 명상을 하는 방법을 알려 주면 좋겠습니다.

둘 : 몸과 마음의 안정은 우울한 정서나 스트레스를 제어하는데

도움을 줍니다. 따라서 '6초' 참기를 연습해 봅시다. 극도의 스트레스 응급처방이 있는데 그것은 '6초'를 참아야 한다는 것입니다. 그 '6초'는 머리와 가슴이 진정되고 조율 되는 시간이라고 하니 우리 함께 실천해 보면 좋겠습니다.

셋 : 스트레스를 덜 받으려면 사고방식이 바뀌어야 합니다. 자기를 이해하고 존중하기, 스트레스를 덜 받도록 변화와 역경에 유능하게 대처하기, 나만의 방어기제를 구축하기, 아이의 내면의 힘을 길러 스트레스를 조절하는 힘을 키워주면 좋겠습니다.

혼란 속에 언택트(Untact) 시대를 맞이하는 아이들

영주 "세상의 아이들에게 부자가 되라고 가르치지 말고 행복하라고 가르쳐야 한데요. 그래야 아이들이 생활하면서 세상을 보는 눈이 가격으로 보지 않고 '가치'로 바라보게 된다는 거예요."

창용 "정말 와 닿는 얘기인데? 요즘 교육도 '가치'가 바뀌어 가고 있잖아요."

영주 "어떻게요?"

창용 "언택트 시대라고 들어 봤어요? 비대면 시대가 온 거지요. 접촉하지 않고 세상이 돌아가는 또 다른 세상이 온 거예요."

영주 "맞아요. 비대면 시대가 열리면서 일상을 많이 바꿔났지요. 우리가 원하지도 않은 세상이 순식간에 와 버린 것 같아요.

창용 "무엇이 얼마나 바뀌었을까요?

영주 "음식배달이나 인터넷으로 생필품을 주문하면 문밖에 다 놓고 그냥 가시니까 굳이 얼굴을 볼 필요가 없어진 것 같아요.

불편하지도 않는 것을 보니까 이제는 적응이 된 것 같기도 해요. 이제는 함께 모여 사는 것 보다 흩어져서 사는 게 유리해 지고 있나 봐요."

창용 "맞아요. 또 대표적으로 바뀐 것이 아이들의 공부환경 방식이 아닐까 싶네요. 온라인 병행교육을 해나가는데 교사, 부모, 아이, 모두 처음 경험 하는 것이라 많이들 혼란스러워 하는 것 같아요."

영주 "아이들이 가정에서 온라인 수업을 준비하느라 부모가 많은 투자를 했데요."

창용 "어떻게요?"

영주 "두 아이가 있는 가정은 컴퓨터가 한 대뿐이라 아이끼리 컴퓨터를 차지하느라 갈등을 빚어서 결국 컴퓨터를 구매하고 책상도 의자도 눈물을 머금고 구매해야 한다는 것이 현실이래요. 그런데 형편이 여의치 않은 가정은 온라인교육을 가정에서 준비하기엔 어려움이 상당이 큰가 봐요. 개인의 사생활 침해 가능성도 높다고 말도하고요."

창용 "결국 돈이 있는 가정은 시대의 흐름에 맞게 발 빠르게 대처하는가 하면 돈이 없는 가정은 이중고 삼중고의 생활고로 더욱더 격차를 느끼며 고충이 가중되는 거겠지요. 앞으로 빈자와 부자가 구분되어 더욱 혼란 속에서 살아가겠어요.

또 계층, 지역 간 양극화가 더욱 심해짐으로써 정보 격차가 나타나 정보 빈자와 정보 부자의 불평등도 발생될 수도 있을 것 같아요."

영주 "그런데 정보 격차는 뭐지요?"

창용 "내가 생각하는 정보 격차는 이런 게 아닐까 싶은데요. 우리 사회는 양극화 현상이 심해지고 있잖아요? 빈부계층이나 사각지대에 놓인 아이들에게 컴퓨터를 사준다든지 지속적으로 물리적인 지원을 국가나 사회가 할 것이라고 보고 있어요.

하지만 컴퓨터를 다룰 수 있는 활용능력 부족으로 인한 격차가 더 큰 문제일 것 같아요. 새로운 정보에 접근할 수 있는 능력이 부족하게 되면 아이들이 모르고 넘어가는 학습결손이 누적되는 것을 놓칠 수도 있다는 것이지요. 결국 정보 격차로 불평등이 더욱 초래할 수도 있다고 볼 수 있을 것 같아요."

영주 "그렇겠네요. 이러한 혼란 속의 언택트 시대를 맞이하는 아이들을 위해 어떻게 도와주면 좋을까요? 언택트 시대의 지식 정보의 홍수 속에서 살게 되는 아이들이 이제는 자신에게 유용하고 합당한 정보를 선별할 수 있는 역량과 학습결손이 생겨나지 않도록 컴퓨터 활용 능력을 길러 주는 것이 정말 중요할 것 같네요."

창용 "맞아요. 또 하나 덧붙이자면 아이들은 가정이나 친구, 학교, 이웃에 영향을 많이 받거든요. 특히 친구들이 하는 말에 상처도 크게 받지요. 우린 그런 아이들을 살펴 마음을 보담아 주면서 용기도 주면 되요."

영주 "그렇게 해야겠네요. 그런데 '우리 부모는 필요한 것 모두 다 지원해 주거든' 하면서 자랑하는 아이가 많아요. 자기우월감의 환상에 빠져 자신이 다른 아이들 보다 좀 특별나다고 착각에 빠지곤 하는 것 같아요."

창용 "정말 안타까운 현실이네. 코로나19, 언택트 시대가 일상이 되어 버린 아이들이 희망을 찾았으면 좋겠어요. 어떤 아이는 방학이 길어지다 보니 아무것도 할 수 없는 생활이 반복되니까 우울과 자괴감도 들었다고 하고, 또 어떤 아이는 학교를 못가서 친구랑 뛰어 놀지 못해 속상하다고까지 표현하는 아이도 있어서 안타까운 마음뿐 이였어요."

영주 "정말로 속상하네요. 특히 대학을 준비하는 학생인 고3은요. 이번 언택트 시대로 인해 저주받은 고3이라고도 표현을 한다고 해요. 아이들이 미래의 불확실성으로 인하여 심리적 고통까지 받고 있는 것 같아 이 또한 속상한 일이 아닐 수 없네요."

창용 "그러게요. 이제는 걱정만 하지 말고 이를 대응하는 방법도 같이 찾아내야 하지 않을까요?"

영주 "공감하는 부분 이예요. 그렇다면 위기를 기회로 삼는 언택트 아이디어를 찾아내야겠군요."

창용 "맞아요."

21세기를 숨 가쁘게 살아가면서 현실 앞에 저항할 수도 없이 그대로 '언택트'라는 폭풍을 맞이합니다. 이미 인터넷에 의하여 우리는 물리적 공간이 아닌 사이버 공간을 갖게 되었습니다.

앞으로 변화의 축은 인터넷을 비롯한 사이버 공간에서 모든 것이 이루는 시대가 열린 것입니다. 통신망에서 일하고 생활하고 비즈니스도 하는 세상, 가상의 사이버 생활공간에서 생활하는 세상이 찾아오고 있다는 것입니다.

며칠씩 출장으로 파악해야 할 업무를 이제는 화상회의나 전자메일로 실시간 이루어지는 세상에 살고 있는 것입니다. 특히 코로나19로 인하여 사회적인 격차가 더욱 심해지고 있습니다.

사회적 격차로 아이들의 혼란이 야기되는 이때 코로나19 이전으로 다시 돌아갈 수 있을까요? 슬프게도 코로나19 팬데믹이 끝나도 우리는 예전으로 돌아가 생활하지 못한다고 합니다. 오히려 '언택트'의 일상화로 생각과 행동, 그리고 언어와 습관이 변해간다고 합니다. 대부분 사람들은 현실에 익숙해져서 그대로 안주함을 추구하는 경향도 짙다는 것이겠죠.

서서히 데워져 가는 '냄비 속 개구리'는 위험을 깨닫지 못하는 것과 같이 사회적 격차를 줄이지 못한 채 큰 패러다임이 바뀌어 가고 있습니다.

그 중 첫 번째의 변화는 바로 우리들의 행동 변화입니다. 일예로 무인기기나 인터넷의 사용이 증가하면서 사람과 사람 사이의 직접적인 대면 접촉이 줄어드는 양상을 이미 우리는 경험해왔지만 앞으로 더욱 심해질 것입니다.

두 번째의 변화는 컴퓨터 활용능력 간의 격차가 생기는 것을 확인할 수 있었습니다. 언택트 시대에는 자기 주도적 학습이 잘 이루어지는 아이는 더 잘할 수밖에 없고, 컴퓨터 활용능력 부족이나 자기 주도적 학습이 잘 이루어지지 않은 아이는 더욱 어려워하면서 교육격차가 심해지고 있습니다.

이번 온라인 원격수업을 실제 운영하면서 아이들의 집에 컴퓨터가 있느냐 없느냐의 문제도 있었겠지만 컴퓨터 활용능력의 부족으로 인한 정보 활용의 격차가 더 큰 문제였던 것 같았습니다.

한 예로 실제 수업에 참여하기보다 수업참여 시작을 위한 로그인이 되느냐? 안 되느냐? 어느 부분이 막히느냐? 가 어려웠던 점으로 꼽았습니다. 결국 개개인의 컴퓨터를 다룰 수 있는 능력을 확인도 해보지 못한 채 코로나19, 언택트 시대를 맞이했고, 그로 인해 모든 아이들이 컴퓨터를 잘 다룰 것이라는 전제하에 온라인 원격수업이 진행된 셈이라 볼 수 있겠습니다.

세 번째로는 기업과 기업 간의 격차로 인해 근무환경이 바뀌어 가고 있습니다. 전 세계는 지금 IT기업 중심으로 재택근무도 이미 시작되었습니다. 미래를 앞서가는 기업과 따라잡을 수 없는 기업들의 양극화 현상은 더욱 가속화 될 것입니다.

페이스 북 CEO인 마크 저커버그는 재택근무를 해봤더니 할 만하더라는 생각이 들어 5-10년 내 페이스 북 직원의 50%는 재택근무를 하게 될 것이라고 밝혔습니다. 또한 캐나다 IT 기업 오픈텍스트는 전 세계 120개 달하는 사무실 중심을 없애고, 재택 또는 원격근무를 하겠다고 밝힌 것입니다. 국내기업 쇼셜미디어 트위터는 무기한 재택근무 도입에 앞장서면서 다른 기업의 근무환경에도 연쇄적인 변화가 일어날 것이라고 합니다.

이러한 점들을 면면히 살펴만 봐도 코로나19로 양극화 현상이 뚜렷해졌음을 누구도 부인하지 못하고 있습니다. 포스트 코로나 시대인 지금 현실 공간, 디지털 공간, 둘의 혼합 공간 등 세 공간에서 살게 되면서 사회적인 양극화 현상으로 아이들이 더욱 혼란을 겪을 텐데 말입니다.

지금부터라도 혼란을 대비하거나 준비하지 않으면 우리가 만든 사회 중 가장 불평등한 사회가 될 수 있을 우려 또한 해 봅니다. 빈부격차를 조장하는 제도도 문제지만 더 근본적인 원인은 재산과 어떠한 권력에 대한 집착과 탐욕이 생겨나는 내면의 문제에서도 올 수도 있다고 우리 부부는 생각합니다.

신분과 상관없이 모든 사람이 욕망을 갖고 사는 건 맞습니다. 하지만 과다한 욕망은 인간관계를 왜곡시킬 수도 있습니다. 부자는 권력과 재산을 누리고 사치하고 과시하는 욕망을 키우고 빈자들은 부자들에 대하여 상대적 박탈감을 느끼게 되는 것입니다. 만약 빈부계층 모두 권력과 재산, 물질에 집착하게 되면 그들의 존재감은 바로 권력과 재산, 물질로 대체 될 것이고, 그로 인해 결국 자유를 잃게 되는 것입니다.

이렇게 변화하고 있는 시대 속에서 우리 아이들의 삶의 격차는 누가 책임을 질 수 있을까요? 혼란 속에 언택트 시대를 맞이하는 우리 아이들에게 어떠한 힘을 실어 주어야 할까요? 의외로 간단할 수 있습니다.

아이들이라는 존재는 어른들보다 새로운 변화에 가장 빠르게 반응하는 존재입니다. 또한 부모나 친구, 이웃, 선생님에게 어떤 영향을 받느냐? 어떻게 끌어 올려 주느냐에 따라 변화하는 가소성이 있는 존재인 것입니다. 특히 사춘기 시기의 아이들은 말에 상처도 크게 받아 오랫동안 마음속에 묻어두는 존재이기도 합니다.

따라서 어느 누구도 예측하지 못한 채 급작스럽게 몰려온 언택트 시대를 맞이한 아이들은 어떠한 경로를 통해서라도 아이들 자신도 모르게 지각변동이 일어나고 있는 중 일 것입니다.

이러한 아이들에게 혼란스러운 세상을 벗어나기 위한 정보나 기술을 습득하기 보다는 오히려 균형이나 유연성을 길러 주는 것이 효율적이라고 생각합니다.

생물학자이며 박물학자인 찰스 다윈(Charles Darwin)은 "가장 강하고 똑똑한 종(種)이 살아남는 것이 아니라 변화에 맞게 적응해야 앞으로 살아남는다."라고 말했습니다. 이런 점을 비추어 볼 때 언택트를 맞이한 우리는 혼자 해결해서 될 문제가 아니고, 더불어 같이 극복해야 할 문제라고 우리 부부는 생각하고 있습니다.

아이들에게는 언택트 시대로 변화하는 환경에 적절하게 대응해서 살아갈 수 있도록 모든 어른들이 힘을 합치고 노력하여 조금 더 아이의 마음을 들여다 봐 주어야 할 때입니다. 아울러 많은 아이들에게 용기 또한 북돋아 주어야 하며 소수에게도 귀를 기울여 주어야 하는 시기인 것이기도 하지요. 그래야만 아이들이 위기 속에서 기회를 찾을 수 있을 것이라고 생각합니다.

코로나19로 인한 우려가 여전하겠지만 가상현실과 같은 첨단 통신기술을 활용한 언택트 서비스가 생활 주변으로 찾아오고 있습니다. 그런데 사람들은 항상 그들의 처한 환경을 탓하기도 합니다. 하지만 세상을 이끌어 가는 사람은 환경을 탓하지 않습니다. 자신에게 걸 맞는 환경을 찾아다니고 찾을 수 없다면 그 환경을 유용하게 만들어 내는 사람입니다.

이렇듯 위기 속에 기회로 다시 돌파구를 되찾아야 합니다. 일예로 언택트 문화가 확산되면서 현장에서 직접 운동 경기를 관람 못하는 경우에 스마트 폰을 통해서 관람이 가능한 세상이 왔습니다. 감염 예방을 위해 대면 접촉을 최소화할 수 있는 언택트 아이디어를 끊임없이 창출해 내는 힘이야 말로 세상을 이끌어 가는 강자라고 생각합니다.

생각 정화

하나 : 비대면 시대, 가정에서 아이들에게 줄 수 있는 최고의 선물은 '수다'입니다. 특히 부모와 함께하는 '수다'는 정서적 유대감을 갖는데 큰 효과가 있겠죠? 유대인이 하루 중 가장 소중하게 생각하는 시간은 가족과 저녁을 같이 하는 시간이며, 그 시간 안에 풀어가는 대화의 가치를 높게 두고 있습니다. 앞으로 우리도 아이와 함께 정서적 유대감을 함께 가져보면 좋겠습니다.

둘 : 아이들은 지금 혼란기를 겪고 있습니다. 사이버 공간 속에서 아는 사람과 모르는 사람 모두 무한정 '친구 맺기'가 가능해졌고 실시간 '친구 해제'가 가능한 세상에서 살고 있습니다. 또한 로봇, 인공지능, 가상현실, 증강현실, TV보다 유튜브(You Tube) 상영을 더 선호합니다. 아울러 소셜 네트워트(Social Network)로 자신의 정보를 알리기보다 다른 사람 삶의 정보에 아이들의 삶까지도 무게를 싣고 있습니다.

이제는 인터넷으로 중요한 정보를 편하게 찾는 것으로 보는 것이 아니라 자기에게 맞는 색깔 있는 정보를 아이들이 흡입할 수 있도록 안내해 주면 좋겠습니다.

셋 : 예측할 수 없는 변화의 시대에 살아야 하는 우리 아이들은 마음의 문을 열어 젖 힐 필요가 있습니다. 즉 온라인 병행수업 또는 대면, 원격수업을 뛰어넘어 미래 교육의 방향이 전환되고 있는 지금의 교육 현실에 유연하게 대처해야 합니다. 또 빈자와 부자, 장애와 비 장애의 차이는 더 벌어지면서 삶의 방향과 질이 달라지지 않도록 모든 아이에게 세심한 관심이 더욱 필요한 때입니다.

어려운 환경이기는 하지만 잘 대비하고 적응한다면 오히려 좋은 기회의 발판을 삼을 수 있도록 안내해 주면 좋겠습니다.

개인주의, 이기주의로 커가는 아이들

영주　“개인주의와 이기주의의 차이는 뭐지요?”

창용　“타인에 대한 관심이나 배려에서 차이가 나는 것이겠죠. 개인주의자는 남에게 신세지지도 않고 베풀지도 않아요. 개인주의는 누구에게 인정받는 것이 삶의 목표가 아니기 때문에 체면 같은 건 관심도 두지 않거든요. 반대로 이기주의는 나밖에 모르고 남은 피해를 보던 말 던 전혀 상관없다고 생각을 하는 거겠지요.

결국 이기적은 자기중심적으로 행동하여 타인을 전혀 고려하지 않아요. 한마디로 배려가 없다는 뜻이지요. 특히 청소년들이 이기적이고 개인적인 행동을 보이는 대표적인 것은 스마트 폰이나 오락일 것 같아요.”

영주　“그런 것 같네요. 자기만의 이익만 따지고 보면 상대에게 험한 말을 할 수도 있고, 그렇게 되면 본의 아니게 어려운 상황까지도 갈 수 있겠어요. 그렇다면 개인주의와 이기주의는 왜 생겨나고 있는 걸까요?

창용 “자본주의 사회에다가 지식위주 교육, 그리고 가정교육의 상실에서 올 수도 있다고 봐요. 그리고 핵가족과 자녀수 감소 추세에 따라 자기중심적 사고들이 커지면서도 올 수 있겠지요. 그러다 보면 아이의 정서가 메마르고, 이기심 팽배로 인하여 왕따도 발생되는 거지요.”

영주 “왕따? 특히 아이를 키우는 부모는 내 아이가 왕따가 되지는 않을까 늘 걱정되는 부분이라고들 해요. 또 아이들도 왕따하고 어울리면 자기도 왕따를 당할까봐 친했던 아이들도 멀리하게 된대요. 결국 친한 척 안하고 무시하게 되는 거죠. 애들이 제일로 무서워하는 것이 왕따래요.”

창용 “그래서 신학기에는 친구관계를 맺고 적응하는데 어려워들 하지요. 그보다 더 큰 문제는 소수이지만 아이들의 생각에 대한 변화예요. 아이들을 보면 친해 보이는데 친한 것도 아니고 친구를 언제든지 이용할 수도 있고 버릴 수도 있다고 생각하는 사고방식이 점점 강해지는 것 같아요. 결국 이기주의적 사고방식으로 빠르게 변화고 있다고 볼 수 있겠지요.”

영주 “듣고 있자니 정말 걱정이 되는데요? 그럼 이기주의 사고를 가진 아이가 자라 사회인이 되어서 공동체 생활을 한다면 어떤 결과를 낳을까요? 사회적으로 큰 파장이 일수도 있겠네요. 앞으로 그럼 우리가 무엇을 해줘야 할까요?"

창용 "지금의 아이들에게 잘 교육시키는 수밖에 없겠지요. 이기주의를 지양하고 건전한 개인주의적 사고방식이 자리 잡을 수 있도록 해야지요."

4차 산업혁명 시대, AI인공 지능 시대, 개인화 등 새롭게 부상하는 삶의 방식에서 아이들은 이미 개인주의와 이기주의로 커 나가고 있습니다.

예로부터 우리의 가정은 아이들이 세상에 태어나 최초로 경험하는 곳이며, 그 안에서는 가정교육이라는 교육적 기능을 담당해 왔으나 이미 오래 전부터 그 기능이 점점 약화되었고, 그 원인은 핵가족이 늘어나고 있기 때문으로 보고 있습니다. 또한 우리에게 소중하게 여겨왔던 협업이라든지 품앗이, 함께하는 것 등의 가치가 사라져가는 상실의 시대가 온 것입니다.

핵가족으로 인하여 고유의 가정 기능이 이미 상실되었고 앞으로 대처하는 새로운 가정관은 아직도 정립되지 못한 실정에서 아이들이 가정에서 생활하고 있습니다.

또한 자녀수 감소로 가정 구성원간에 영향력이 감퇴되고 부모가 가정교육 교사로서 사명감을 지각하지 못하고 있습니다. 다시 말해 가정은 아이들의 행동 특성과 성장, 그리고 인격형성과 발달을 도와주는 곳인데 대다수의 부모들은 아이들 교육에 관심은 높지만 실제로 어떤 말과 행동으로 자녀들을 대해야 하는지 구체적인 방법을 알지 못하는 경향이 있습니다.

그렇다면 부모는 자녀를 대할 때 무엇이 가장 어려운 부분일까? 하는 문제로 여러 해 지켜본 결과 소통의 부재가 첫 번째 원인 인 것 같습니다. 특히 아이들과의 의사소통 방법을 어떻게 해야 하는지에 대하여 제대로 모르는 것 같습니다. 왜냐하면 아이들에게 상처 주는 말을 너무나 쉽게 하니 말입니다.

"너보다 내가 더 속 터진다."

"내가 어쩌다 너를 낳아서 이 고생인지!"

"너는 왜 언니처럼 못하니! 너의 언니 반만 따라해 봐라."

"넌 누굴 닮아 그 모양이니?"

"공부해서 남 주니?"

"공부해서 손해날 것 없다. 다~ 너를 위한 것이다."

"내가 너 때는 고생하면서 공부했는데!"라고 하는 말을 들은 아이는 이미 부모와 불통이 시작되었다고 봐도 과언이 아닙니다.

이로 인해 가정은 점점 대화가 줄어 소통의 부재로 갈등이 일어나면서 개인주의와 이기주의가 싹이 트기 시작한 것입니다. 또 이혼가정, 재혼가정, 다문화 가정, 한 부모가정이 점차 늘어나면서 개인주의와 이기주의가 지배적인 가치로 자리 잡으면서 자녀관에도 영향을 미치게 된 것입니다.

개인주의와 이기주의는 뭐가 다를까요? 그 차이는 무엇일까요? 먼저 이기주의는 개인의 이익을 위해서 수단과 방법을 가리지 않는 비도덕적 태도라고 말 할 수 있습니다. 남에 대한 배려가 전혀 없거나 남을 고려하지 않고 사회에 어떤 책임조차 지고 싶지 않은 것도 해당 될 수도 있습니다.

반하여 개인주의는 모든 것을 평가하고 판단하려고 할 때, 그 중심을 집단에 두지 않고 개인한테 맞추는 것입니다. 즉 개인이 주체가 되는 것을 개인주의라고 할 수 있습니다.

그런데 말입니다. 우리는 어쩌면 개인주의의 편견을 갖고 있는 듯합니다. 실은 개인주의는 이기주의가 아닌데 말입니다. 이제는 그 편견을 깰 필요가 있습니다. 아이들이 자신만이 가질 수 있는 권리를 사회인으로 살아가는 시민으로서의 주체가 될 수 있게 개인주의라는 의미를 새로운 가치로 만들어 주어야 합니다.

아이들이 자신의 삶을 아이가 주도적으로 주인이 되어 살아가지 못하고 다른 사람이 생각하는 뜻대로 살아 간가면 참으로 슬픈 일이잖습니까? 어떻게 보면 개인주의 삶을 산다는 것은 나쁘지만도 않다고 봅니다.

개인주의라는 것은 아이들의 감정에 솔직해 지는 것이고 아이들 자신의 욕망을 자연스럽게 드러내 주는 것입니다. 동시에 삶에 대한 아이들의 의견을 갖는 것이고 앞으로 어떻게 살아갈 것인가? 어떤 것을 원하는 것인가를 분명하게 알고 있는 것이 바로 개인주의라고 볼 수 있습니다.

또 개인주의자들은 개인의 자유를 자유롭게 인정하고 독립적인 생각과 행동을 추구하지만 상대방도 동등하게 인정하고 존중할 줄도 압니다. 자신이 대우를 받고 싶으면 먼저 상대방에게 대우를 할 줄 안다는 것이겠지요. 이제는 아이들 삶에 새로운 가치관을 부여할 수 있는 능동적인 자세가 필요한 때라고 생각합니다.

가치관이 바뀌어 가고 있는 지금 우리 아이들이 서로가 어울려 세상을 잘 살아갔으면 좋겠습니다. 나무라는 존재는 흔들리지 않아서 강한 것이 아니라 서로 어우러져 숲을 만들고 있기 때문에 강한 것이라고 합니다. 특성이 서로 다른 나무끼리 어우러진 숲을 자연림이라고 하고 빨리 자라라고 비료를 주어 만든 숲을 인공림이라고 합니다. 인공림은 쉽게 자라는 장점도 있지만 뭐든 적응력은 떨어집니다. 하지만 자연림은 어우러져서 만들어졌기 때문에 적응하는 능력이 강합니다.

이렇게 자연의 이치와 같이 우리 아이들도 더불어 사는 세상 속에서 자연림처럼 강하게 살았으면 합니다. 그러면 '나' 아닌 '우리',

'너' 아닌 '함께' 서로 어우러져 강하게 자라날 수 있을 것입니다.

앞으로 우리 아이들은 이기주의적인 삶보다 서로 어우러져 강건한 삶을 살았으면 좋겠습니다. 우리 부부가 바라보는 강인한 사람은 서로 어우러져 살면서 자신의 몫보다 더 많이 책임을 질 줄 알고 자신의 몫보다 더 적은 대가를 얻는 사람이라고 생각합니다.

생각 정화

하나 : 개인주의 문화에서는 개성이 '뛰어난' 사람을 이상적 인간상으로 보고 있습니다. 또한 뛰어난 사람은 의사소통에 있어서 솔직하고, 자기주장이 분명하며 자율적이고 독립심도 강한 사람을 의미합니다.

이러한 개인주의 성향의 장점을 살려 우리 아이들이 바람직하게 성장한다면 성공적인 삶을 살 확률이 훨씬 높을 것입니다. 우리 아이들이 새로운 기회를 맞이할 때 이기주의적 생각을 버리고 건전한 개인주의의 장점만을 살려 더불어 살아갈 수 있도록 힘이 되어 주면 좋겠습니다.

둘 : 하루 학교폭력이 얼마나 일어날까요? 전국 평균 하루에 108건이 훌쩍 넘었고, 중등에서 초등으로 내려오고 있다고 합

니다. 이기주의 팽배로 인하여 정서가 메말라 정서적 부적응을 경험하는 아이가 늘고, 왕따 또는 폭력이 증가하고 있습니다.
그래서 앞으로 사회정서 교육과 감정교육을 의무실시한다고 밝힌 것만 봐도 향후 사회적 문제에 대해 우리는 발 빠르게 파악하고 아이들의 정서교육에 정성을 쏟아 주면 좋겠습니다.

셋 : 우리는 신토불이 유기농을 선호합니다. 농약을 치지 않은 자연 그대로 생산을 했다는 이유로 못생겨도 비싼 값을 지불하고 믿고 삽니다. 바로 이런 것입니다. 고급 승용차를 탄다고 해서 명품 인생이라고 말할 수 없습니다. 아이와 점심을 먹으면서 계절을 느끼고 세상의 가치를 논하는 여유를 가지면 신토불이 인생입니다.

넷 : 빨리 성공하는 사람은 이기심이 있는 사람이라고 할 수 있습니다. 하지만 크게 성공하는 사람은 바로 이타심을 지닌 사람이라고 하지요. 우리 아이들에게 다른 사람을 돕고 타인에 대한 예의와 관대함, 그리고 이타주의에 대해서도 알려주면 어떻겠습니까?

결국 물질적인 풍요로움이 정신적인 풍요로움을 능가하지 못합니다. 따라서 우리 아이들도 타인을 배려할 줄 알고 사람 냄새가 나는 인간미 넘치는 사람으로 자라면 좋겠습니다.

도덕성이 결여되어가는 아이들

영주 “나 오늘 뉴스를 보고 무척 충격 받았어요.”

창용 “왜요?”

영주 “묻지마 폭력으로 아무 인연도 없는 사람들이 피해를 보는걸 보고 놀랐어요. 홧김에 찔렀대요. 이게 말이 되는 세상 이예요?”

창용 “무서운 세상이지요. 그것도 너무 어린 아이들이 저질렀다는 것이 더욱 놀라워요.”

영주 “왜 아이들이 이유 없이 묻지마 폭력을 자행했을까요? 그래도 다들 도덕 교육은 받고 컸을 텐데 말 이예요. 이 시대에 문화를 만드는 어른인 내가 좀 부끄럽네요. 무엇이 아이들로 하여금 그런 묻지마 행동을 하게 했을까요? 어디서부터 실타래가 꼬였을까요?”

창용 “영어 단어 하나 아는 것보다 훨씬 중요한 것이 도덕성을 길러줘야 하는데요. 아마도 도덕성을 길러주는 것에 소홀하지 않았나 싶어요."

영주 "맞는 말 인거 같아요. 그럼 도덕성 교육은 무엇일까요?"

창용 "바르고 올바른 사람이 되는 법을 가르치고 옳고 그름의 차이를 알 수 있게 해주는 것이겠지요. 어떻게 보면 바르게 살아간다는 것은 바르게 살아가는 법을 반복 학습해야 터득할 수 있는 것 같아요. 스포츠맨이 매일 근육을 단련하지 않으면 훌륭한 몸매를 유지할 수 없듯이 바르고 올바른 사람이 되려면 꾸준히 자신의 도덕적 성품을 길러야 한다고 봐요."

영주 "그렇겠네요. 그러면 언제부터 도덕적인 성품을 길러 내기 위한 도덕성 교육을 시작해야 할까요?"

창용 "도덕성 교육 이전에 먼저 자애심을 지녀야 해요. 자신을 아끼고 사랑하는 마음이 있어야 도덕성 발달의 기초가 되는 것이지요. 물론 교사도 해야겠지만 부모도 함께 해줘야 하는데 말이에요. 그런데 요즘 적지 않은 부모가 일상이 너무 바쁘신 것 같아요."

"아무리 그래도 부모는 자식에게 관심을 갖지 않거나 도덕적인 교육에 시간 투자를 게을리 하는 부모는 없어요."

영주 "내가 봐도 그런 것 같아요. 하지만 아이에게 투자하는 시간과 관심이 어떤 것이고, 그 양과 질이 어떠냐의 문제는 차이가 있는 것 같아요. 그런 점이 조금은 안타까울 때가 있어요."

창용 "왜? 언젠데요?"

영주 "요즘 부모들은 도덕성 부분에 대한 교육보다 시간과 관심이라는 초점을 오로지 좋은 대학에 보내려고 자녀에게 가르치는 쪽으로만 생각하는 것만 같아요. 또 어느 학원에 보내고 어떤 프로그램에 집어넣을 것만 생각을 하는 것 같아요."

창용 "그러게요."

영주 "아이 마음에 상처가 있지 않았는지 도덕적으로 또는 정서적으로 바르게 자라고 있는지에 관심은 두지 않는 것 같아요. 오직 어떻게 하면 똑똑하게 키울 것인가만 온통 마음에 있나 봐요. 이로 인해 아이가 마음에 병이 걸려도 인지하지 못하고 겉으로 심각한 문제로 드러날 때까지도 자녀의 깊은 내면을 확인하지 못하는 것 같아서 안타까워요. 그래서 사고가 나는 것 같아요."

창용 "안타까운 일이긴 하네요. 내가 보기엔 아이들이 불행한 것은 가진 것이 적어서가 아니라 따뜻한 가슴을 잃어 가기 때문이 아닐까 생각해요. 따뜻한 가슴을 잃지 않으려면 친구 또는 가족과 진정한 정도 나눌 수 있는 여유도 있었으면 좋겠어요."

영주 "좋은 생각이네요. 여하튼 도덕적인 성품이 제대로 길러 질 수 있도록 아이의 마음을 잘 살펴보자고요."

사람의 말을 믿지 않는 세상에서 우리는 살고 있습니다. CCTV를 봐야만 그 사람이 그동안에 이야기 했던 것을 믿는 세상에 살고 있다고 해도 과언이 아닙니다. 또한 아이들에게 있어 산발적으로 심각한 문제가 가까이에서 일어나고 있고, 극단적인 범죄 등 반 사회적 문제 또한 늘어나고 있습니다. 심지어 뉴스를 보기 겁날 정도입니다.

원인은 무엇일까? 생각해 보니 근본적으로 모두 인성과 관련된 문제에서 생각이 멈추게 됩니다. 인성의 부재는 많은 사회적 문제를 낳고 있습니다. 사회 공동체 전체의 존립을 흔들기도 하고 이런 점에서 인성교육은 교육의 알파이자 오메가인 것 같습니다.

인성교육은 지식 교육처럼 가르친다고 효과를 거둘 수 없습니다. 특히 인성교육 중에 도덕성 교육은 가치교육이기 때문에 더욱 소홀히 해서는 안 되는 부분이기도 합니다.

우리 아이들의 도덕성을 기르기 위해서는 먼저 긍정적인 자존심을 발달시키고 동정심이라는 감성 또한 발휘할 수 있을 때, 도덕성이 정착 될 수 있습니다. 또 아이 자신의 고통이나 타인의 고통에 동정하고 공감할 때, 바로 도덕 발달의 기초가 마련되는 것입니다.

따라서 도덕성이 발달되기 위해서 부모는 아이들을 고통으로부터 과보호 할 것이 아니라 충분히 고통과 시련을 겪어내고 이겨 낼 수 있도록 격려를 해 주어야 합니다.

스스로 고통과 시련을 겪고 이겨낸 아이들은 다른 아이들도 자신과 마찬가지로 겪는 고통에 대하여 공감하고 동정 할 수 있으므로 고통과 시련을 아이 스스로 극복할 수 있는 계기를 마련해 주어야 할 것입니다. 고통과 불행에 대한 관심과 공감이 활성화 될 때, 비로소 아이들은 도덕성이 발달하게 됩니다.

이러한 내용을 비추어 볼 때, 일단 잘못된 도덕성이 형성되면 교육적으로 수정이 쉽지 않습니다. 이런 도덕성 교육은 인생의 기틀을 만드는 교육이므로 어릴 때부터 시작하여 꾸준히 대학교육 때까지 배워야 합니다.

강조하면 도덕성은 인성의 기본을 세우는 교육이기에 초·중·고 시절도 발달에 맞게 가치를 두어야 하지만 더 중요한 시기는 바로 영·유아 시기이므로 이때 제대로 이루어져야 대학교육까지 가는데 있어서 효과를 거둘 수 있습니다.

따라서 우리는 앞으로 스펙에만 관심을 기울일 것이 아니라 아이들의 도덕성을 제대로 기르기 위해 관심을 쏟을 때 입니다. 왜냐하면 앞으로 도덕성이나 인성은 개인의 문제가 아니라 사회의 문제가 되어 버렸기 때문입니다.

도덕성이 제대로 갖추어진 아이는 인생이 행복 할 뿐만 아니라 타인과의 관계에서도 매우 긍정적인 관계를 맺고 유지합니다. 더 나아가 도덕성이 제대로 갖춰진 아이들은 사회질서를 위해 법과 규칙을 바르게 준수하고 다른 사람들을 대할 때 존중과 존엄성을 가지고 대하기 때문입니다.

실은 우리 아이들은 어렸을 때에는 사물과의 관계 속에서 자신을 인식한다면 청소년기로 가면서는 다른 사람, 즉 타인과의 관계 속에서 자신을 인식하게 됩니다.

그렇게 타인과 공존하는 사회적 관계는 도덕성 발달을 요구하기 때문에 청소년기와 대학의 가장 중요한 도덕 교육목표는 다른 사람과 더불어 사는 '공생'을 위한 교육이라고 할 수 있습니다.

그렇다면 지속적으로 도덕성 교육을 어떻게 하면 좋을까요? 도덕적으로 사랑과 원칙이 있는 교육은 어떻게 접근하면 바람직한 것일까요?

과연 부모가 어떻게 해야 사랑이 있는 교육이 되며, 또 어떻게 설명해야 원칙이 있는 교육이 될까요?

바로 이런 것이 아닐까 싶어 예를 들어 보겠습니다.

아이가 벽에 낙서하고 TV박스 가구에다 그림을 그렸다고 가정해봅시다. 이런 상황을 부모가 마주 할 때 명료하게 알려 주어야 아이의 도덕성을 길러지게 됩니다.

이러한 상황에서 해법은 이렇습니다. 아이가 그림 그리는 행동자체는 칭찬해주고 그려진 그림의 내용은 귀 담아 이야기를 경청해 주어야 합니다. 단, 벽이나 가구에 그림을 그리는 것은 분명히 안 된다고 말해 주어야 옳고 그름을 판단할 수 있는 능력이 생깁니다.

그리고 난 후 그릇된 행동에 대한 대안을 꼭 함께 찾아 주어야 합니다. 그 대안으로 전지나 스케치북을 제공해 주는 것과 종이 위에 그림을 그리면 더욱 멋진 작품이 된다는 자긍심 또한 알려 주는 것을 잊지 말아야할 것입니다.

이것이야 말로 사랑과 원칙이 있는 교육인 것입니다.

이렇게 일생동안 지속적으로 교육받아야 할 중요한 도덕성 교육은 사회 전체적으로 이로울 때도 있고, 약점으로 작용될 수 있기 때문에 더더욱 소홀히 교육해서는 안 되는 부분이기도 합니다.

앞으로는 더욱 더 아이들의 도덕적 품성과 인간다운 성품을 길러낼 수 있도록 역량을 갖추어야 합니다. 부모는 아이를 진정한 사회인으로 기르기 위해서 타인과 공생할 수 있는 능력을 기르는 과정 안에서 건전한 도덕성을 발달시키는데 주력해야 합니다.

생각 정화

하나 : 아이들이 실제 가장 두려워하는 것은 부모에게 사랑받지 못하고 버림받는 것입니다. 아이가 부모와 좋은 라포(rapport)가 형성되는 것은 아이의 삶의 행복을 가져다줍니다.
이는 곧 아이가 행복한 삶을 살아갈 기본적인 신뢰관계 형성을 의미함을 말합니다. 그런데 그 기반이 부실하면 그 위에 어떤 노력이나 환경, 그리고 교육이 주어져도 블랙홈처럼 소멸됩니다.
모래 위에 짓는 집처럼 짓기도 어렵지만 어렵게 짓는다 하더라도 쉽게 무너질 수 있기 때문에 아이와 라포 형성이 원만하게 이루어 질수 있도록 함께 노력하면 좋겠습니다.

둘 : 우리가 살아있다는 가장 확실한 증거는 아이들과 함께 교육활동을 하는 것입니다. 그 일에 중심에는 아이들이 있어야 합니다. 아이의 약점은 보완해 주어야 하고, 아이의 부족은 채워주어야 합니다.
또 아이의 허물은 덮어주고, 비밀은 지켜주며 실수는 보듬어 주고, 장점은 칭찬해 주면서 능력은 박수를 치며 인정해 주어야 합니다. 나아가 기쁨도 슬픔도 성공도 실패도 사람으로 연결되는 것이니 훌륭한 사람을 만들고 싶거든 우선

아이 자신도 바른 품성으로 지닌 사람이 될 수 있도록 노력하면 좋겠습니다.

셋 : 마음 해피 and You 캠페인 홍보 문구가 눈에 들어왔습니다. 2018년부터 산업안전보건법에 고객응대 근로자 보호조치가 성행되면서 "타인의 감정을 배려하는 당신! 진정한 고객입니다." "당신의 말과 행동, 누군가의 눈물을 흘리게 할 수 있습니다." "폭언은 마음의 흉기, 따뜻한 말 한마디가 마음의 온기" 등의 홍보 문구를 보면서 생각했습니다.
얼마나 심하게 막말을 했으면 상처가 깊어 보호조치를 했을까요? 이 또한 도덕성의 부재라고 봅니다. 사실은 도덕성은 성인까지도 발달이 됩니다. 도덕성 발달을 통하여 아이들이 대인관계 속에서 도덕적 행동을 하도록 안내해 주고 도덕성이 함양할 수 있도록 도와주면 좋겠습니다.

Part 2

미래 아이들을 위한 유쾌한 교육수다

- 자생력 교육
- 테라피 교육
- 의사소통 교육
- 인정교육
- 자연 친화, 환경교육
- 매너 교육
- 갈등관리 교육
- 예비 부모교육

자생력 교육

언택트(Untact) 시대가 열렸습니다. 자연은 온갖 비바람을 겪어 내면서 살아갑니다. 이제는 우리 아이들도 자연처럼 자라나게 해야 한다고 생각합니다. 왜냐하면 코로나19를 겪으면서 아이들도 어떤 상황이든지 차분하고 침착하게 대처 할 줄 알아야 하고, 스스로를 안전하게 보호하기 위해서는 혼자서 살아 버틸 수 있는 힘을 길러야 된다고 절실히 우리 부부는 느꼈기 때문 입니다. 교육은 무능력을 능력으로도 바꿀 수 있는 과정이기에 무엇이든 가능하다고 봅니다.

헬렌 켈러는 "쉽고 편안한 환경에서는 강한 인간이 만들어지지 않는다. 어떤 시련과 고통을 통해서만 강한 영혼이 탄생하고 통찰력이 생기고 일에 대한 영감이 떠오르면서 마침내 성공할 수 있는 있다."라고 밝혔습니다.

이제는 "아는 것이 힘이다."라는 세상은 저물어 가고, '하는 것이 힘이다.'라는 세상이 찾아왔습니다. 이제는 실천의 힘을 길러 우리 아이들이 육체와 정신적인 영혼의 자생력을 갖추어 진정으로 아이들이 소망하는 일을 하면서 자아실현을 실천할 수 있도록 비전을 제시해야 합니다.

그러기 위해서는 우선 챙겨야 할 부분은 눈 깜작할 사이 바뀌어 가고 있는 세상에 대응하기 위해 아이 스스로 변화하는 세상과 자신과의 관계를 발 빠르게 파악하고 통제할 수 있는 능력을 길러야 합니다. 즉 자생력을 기르기 위한 생존교육에 힘을 실어야 합니다.

이제 교육 목적이 배운다는 것만으로 의미를 두기보다도 배움이 아이들 자신의 삶에 무엇이 유용한가를 판단할 수 있어야 하고, 그것을 적절하게 활용 할 수 있는 능력에 관한 자생력 개발에 목적으로 두어야 합니다.

어쩌면 배움은 가르치는 것이 아니라 만들어내는 것입니다. 아이들의 삶에 유용한 것을 얻기 위해 '만들어 낸다.'라는 의미를 아이가 먼저 인식하게 되면 오히려 종전보다 학습에 더 자발적으로 몰입할 수 도 있다고 생각합니다.

세계적으로 유명한 경영컨설턴트 심리학자 아빠와 임상심리치료 의사인 딸이 30년 동안 연구한 내용입니다. 연구 주제는 세계에서 가장 성공한 인재 6,000명을 대상으로 '행복과 성공을 한꺼번에 잡은 인재들이 지니고 있는 자질 및 특성'에 대한 연구결과 '목표를 세우고 무엇이든 스스로 문제를 해결할 수 있는 아이'로 키워야 한다고 밝혔습니다.

또한 인간이 홀로 생존할 수 있는 있는 방법과 기술을 가장 잘 보여준 대니엘 디포(Daniel Defoe)가 쓴 『로빈스 크루소』에서는 자생력을 갖추어야 생존할 수 있다고 말하고 있습니다.

어떤 문제 상황에 붙이 칠 때 다양한 경험을 통해 지혜를 알게 되고, 삶에 있어서 어떤 자생력이 필요한가에 대하여 끊임없이 상상과 추론 내용이 담겨져 있기에 『로빈스 크루소』에서 우리 부부는 자생력 교육에 대한 필요를 인지하게 되었습니다.

왜냐하면 로빈스 크루소는 안정보다는 혼란을 즐길 줄 알고 모험과 극한 상황을 이겨냈습니다. 즉 환경변화에 민첩하게 반응할 수 있어 어떠한 상황이 발생되고 극복할 수 있는 유연성을 키웠기 때문입니다. 사막의 낙타가 천천히 걷기에 무사히 목적지까지 도착하게 되는 것처럼 무엇이든 과정이 있는 법인데, 그 과정을 묵묵히 견디어낸 사람만이 결국에는 값진 열매를 얻게 되는 것입니다.

따라서 급변하는 무한경쟁 사회에서 우뚝 설 수 있는 강인한 사람을 기르고 싶은 것은 모든 어른들의 당연한 생각이지만 제대로 실행이 이루어지지 않은 점에 대하여 우리 부부는 새로운 동기를 교육에 부여해 봤습니다.

결과적으로는 로빈스 크루소처럼 우리 아이들도 시련을 겪어 나가면서 아픔을 감수할 수 있는 마음의 강단을 기르고, 그로인해 기꺼이 새로움을 추구해 나가면서 자기 주도적인 삶을 사는 자만이 진정한 강자가 될 수 있다고 생각합니다.

역경과 고난을 이겨내는 긍정적인 힘을 우리가 그동안 회복탄력성이라고 불렀다면 자생력 교육은 곧 생존교육을 의미합니다. 자생력 교육은 스스로 생존할 수 있는 능력을 높이기 위한 교육이라고 정의할 수 있다는 것이죠. 자생력 교육은 우리에게 어떠한 어려운 상황이 다가와도 타인과의 조화와 협력을 통해 문제를 해결해 나가면서 자기주도적인 삶을 살아가도록 돕는 교육입니다.

자생력 교육이 제대로 이루어지기 위해서는 가장 먼저 자애심을 기르는데 집중해야 합니다. 자애심은 자기 몸을 스스로 아끼고 자기를 사랑하는 마음에서 자생력 교육이 이루어 져야 효과가 있을 것입니다.

한편 프랑스 철학자 루소(J. J. Rousseau) 역시 『에밀』(Emile)이라는 책에서 "모든 악은 약한데서 탄생한다."라고 강조하면서 허약함도 악의 씨앗으로 간주하였습니다. 삶의 좋은 일과 나쁜 일을 모두 잘 견뎌 나갈 수 있는 사람이야말로 가장 좋은 교육을 받은 사람이라고 생각하고 아이들의 강건함과 자생력의 중요성을 피력하였습니다.

루소는 아이 스스로 생존할 수 있는 능력은 보호를 통해 증진되는 것이 아니라 역경에 도전함으로써 개발된다고 말을 합니다. 곧 자생력은 간접경험이 아니라 모든 신체적 능력을 총동원한 시행착오를 통하여 향상되기 때문에 아이들이 다양하게 활동하는 것을 장려하고 있습니다.

덧붙여 루소는 아이들의 능력발달을 인지중심에 두는 것에 비판하면서 감각을 활용한 자생력 개발이 우선되어야 한다고 밝혔습니다.

왜냐하면 자생력이 생기게 되면 자신에게 필요한 일을 스스로 할 수 있는 자기 주도적인 능력이 커지기 때문에 타인에 대한 의존성이 자연스럽게 줄어듭니다.

그는 아이들이 삶에 실제로 필요한 것들을 자기 주도적으로 해결 할 수 있는 자생력을 갖추기 위해 어릴 때부터 신체도 단련시켜야 하고, 감정 발달을 주도하여 인간이 자연 상태에서 갖고 있던 건전한 감정을 교육을 통하여 회복해야 한다고 강조했습니다.

자생력을 적절하게 갖춘 아이는 세상을 혼자 살 수도 없고 자신의 이익만을 추구할 수 없음을 스스로 깨달아 타인과의 조화와 협력을 이루며 살아야 함을 체득하게 됩니다.

반면에 자생력이 발달하지 못한 아이는 자기 스스로 자생력을 갖추었다는 망상에 사로잡혀 타인을 자신의 욕구 충족의 수단으로만 이용하게 됩니다.

이런 시점에 우리는 코로나19 바이러스 전쟁을 겪고 있습니다.

바이러스는 침으로 전파하여 살아있는 생명체 안에 들어가야 살 수 있습니다. 때문에 손 씻기, 마스크 착용, 사람 많은 곳은 피하기 등 바이러스를 피하는 방법에 대하여 각 분야 전문가들이 지속적으로 강조하는 부분입니다. 그런데 우리는 어떻습니까?

생존을 위하여 마트도 가야하고, 버스나 지하철을 이용할 수밖에 없습니다. 이때 우리는 타인이 만졌던 손잡이를 만질 수밖에 없고, 공중화장실을 함께 이용할 수밖에 없는 것이 현실입니다.

실은 가장 좋은 방법은 모두 알다시피 피하는 것입니다. 그러나 피할 수 없다면 극복하는 힘, 이겨내는 힘, 상생하면서 자생 할 수 있는 힘을 길러야 합니다.

그런 우리 아이들이 새까만 콩처럼 오늘도 신체단련을 위해 정글에서 자기 주도적인 자생의 힘을 키워내고 있습니다. 덥고 습한 변덕스러운 정글 날씨에도 모든 신체적 능력을 총동원하여 시련과 역경에 도전하고 있다는 것이지요. 그런데 말입니다. 변덕스러운 정글 날씨를 적응하는 아이들의 기분 상태에 꽤 굴곡이 있어 보입니다. 어느 날은 좋은 날, 어느 날은 안 좋은 날들이 있을 텐데 잘 견뎌 나가려고 애쓰는 아이들의 모습이 대견합니다.

이때 우리 부부는 살핍니다. 누가 힘겹게 따라오는 지를요. 어떤 아이가 나약한 마음으로 생활하는 지를요. 저마다 아이들이 서로 다른 감정을 안고 자신의 강건함을 키우기 위해 하루를 맞이하게 되는데요. 그러한 마음을 살피는 과정에도 꽤 고충이 따르긴 합니다.

왜냐 하면 아이들은 조금만 방심하면 감기에 걸리는 것과 마찬가지로 조금만 방관하면 마음의 감기에도 잘 걸리기 때문입니다.

우리 어른은 피나고 찢어져야 눈에 보여 아픈 것으로 간주합니다. 하지만 아이들의 아픈 마음은 눈에 보이지 않기 때문에 간과할 때가 많아 마음을 살핀다는 것이 쉽지 않다는 것입니다.

또 이상하게도 아이들은 '춥다' '덥다' '배 고프다'라고 표현은 잘 해도 마음이 '어지럽다' '마음이 힘들다' '나약 해진다'라는 말은 잘 표현하지 못하는 것 같습니다. 왜 표현을 못했니? 하고 물으면 아이는 '왜?'를 물어봐 주지 않아서 라고 답을 합니다.

이런 현상은 아이들이 질문에 답하는 교육에 너무나 익숙해져 있기 때문에 먼저 표현하는 것을 어색해 하는 듯했습니다.

이런 아이들이 다가올 험난한 세상을 스스로 헤쳐 나가려면 만만하지 않은 혼란이 생길 것입니다. 따라서 이제부터는 아이에게 더욱 강인한 자생의 힘을 길러야 할 때입니다. 자생력을 획득하는 과정에서 아이들 자신의 고통과 어려움을 인지하게 되고 타인의 고통을 공감 할 수 있는 기초가 마련되어 사회인으로 성장하는 데 필요한 자생의 힘을 체득하게 됩니다.

영국 속담에 "평온한 바다는 결코 유능한 뱃사람을 만들 수가 없다."라는 말도 있듯이 우리 어른은 그동안 아이를 보호할 생각만 할 줄 알았던 것 같습니다. 아이 스스로 자신을 지키고 시련을 이겨내고, 부귀도 빈곤도 개의치 않으며 살아갈 수 있는 능력을 가르쳐 주어야 하는데 말입니다.

우리 부부가 말하는 속뒨 이야기는요. "아이들에게 나무는 감상하라고 서 있는 것이 아니다. 기어 올라타야 나무인 것이다. 아이들이 모든 근육을 사용해서 기어 올라타 보고 나무 꼭대기에서 세상을 한번 바라볼 수 있어야 한다."라고 늘 주장합니다.

내 몸의 힘을 스스로 길러내는 자기 주도적인 삶을 산 로빈스 크루소와 같은 자생력 있는 사람이야말로 앞으로 필요로 하는 인재이지 않나 생각이 듭니다. 나아가 아이들 개인의 육체와 영혼의 자생력까지 겸비한다면 아이들은 진정 소망하는 일을 하면서 자아를 실현할 수 있을 것입니다.

우리 부부가 말하는 자아실현은 아이들이 관심 있어 하는 분야에 대하여 스스로 공부하면서 그들만의 자유와 행복을 찾는 것에 의미를 두고 싶습니다.

결국 삶을 가장 잘 체험한 사람은 아이 스스로 하고 싶은 일을 하기 위해서 우선 마음의 강건함과 자생력을 갖춘 사람이어야만 가능하다고 할 수 있습니다.

얼마 전 EBS 교육 기획을 시청한 적이 있었습니다. 어떤 선생님

께서 나오셔서 이런 말을 하셨습니다. "지금의 교실 모습은 19세기에 완성이 되었고, 지금 가르치는 선생님들은 20세기 선생님이다. 하지만 지금 아이들은 21세기 아이들이다. 이러한 격차를 줄이는 건 정말 쉽지 않지만 코로나 시대 이후 교육의 변화는 반드시 일어나야 한다."라고 밝혔습니다.

또 한 분의 교육자가 말하기를 "미래 교육은 이미 시작이 되었다. 이번 코로나로 아이들이 학습하는 자질 중에 '자기 주도성'이 굉장히 부각이 된 것 같다. 집에 있건 학교에 있건 자기 스스로 주도적으로 공부할 줄 아는 아이는 뭐든 잘 극복했지만 반대로 의존도가 높은 아이는 더욱 혼란을 빚었다면서 앞으로는 자기 주도성을 갖춘 사람이 필요한 시대가 왔다."라고 말했습니다.

그만큼 앞으로는 아이 스스로 자기 주도성을 갖고 자생할 수 있는 자생력 교육이 펼쳐져야 한다고 우리 부부는 수다를 떨어봅니다.

테라피 교육

앞서서 말했듯이 우리 어른은 아이가 피나고 찢어져야 아픈 것으로 간주 하게 됩니다. 마음의 아픔은 눈에 보이지 않기 때문에 부모는 무심코 넘어갈 때가 많다는 것입니다. 아이 마음을 쉽게 읽지 못하는 우리네 부모는 내 아이 만큼은 고생하지 않고 학처럼 하얗고 곱게 흠집 없이 자랐으면 하는 마음이 큽니다.

하지만 세상을 살다보면 몸과 마음의 흠집이 날 때가 많이 있지 않겠습니까?

흠이 생길까봐 두려워 아무것도 하지 않아 결점 없는 아이의 삶보다 실패와 좌절을 극복하면서 스스로의 자립심을 길러 주도적인 삶을 살게 하는 것이 건강한 삶이라 생각합니다.

허준 선생의 〈동의보감〉에서 바라보는 '건강'이란? "사람의 질병은 모두 건강을 잘 관리하지 못해서 생기는 것이므로 수양을 우선으로 하고 약물은 그 다음이어야 한다."라고 당부하였습니다.

몸에 밴 습관은 인생을 좌우하기도 합니다. 병이 들었다고 하는 것은 우리의 생활 습관이 잘못 되었다고 해석할 수 있습니다. 습관을 바꾸는 가장 확실한 방법은 내 몸에 관한 생각을 완전히 바꾸는 것입니다. 원래 습관은 족쇄라 너무나 가벼워서 느낌조차 없다가도 시간이 흐를수록 점점 무거워져 지탱하기가 어려워집니다. 동의보감에서는 건강하게 살기 위해서는 천지 만물과 사계절의 변화와 조화를 이루고 살 것을 요구하고 있습니다.

현대인은 이상하게도 천지 만물과 같은 조화를 이루는 삶보다 더 많은 식량과 더 나은 짝, 더 좋은 직장, 더 많은 돈을 추구 합니다. 아이들도 보면 마찬가지로 더 나은 것, 더 큰 것, 더 맛있는 것을 찾으려고 합니다.

결국 우리는 갖은 것에 대하여 만족하는 법이 없는 듯합니다. 만족이 아니라 더 갈구 한다고 볼 수 있겠습니다. 영구적인 만족을 확보하는 유일한 방법은 기제를 조작하는 것이라고 합니다.

50년 전 만해도 정신과 치료약에는 오명이 따라 다녔습니다. 하지만 이제는 오명이 깨졌습니다.

왜냐하면 정기적으로 복용하는 사람이 늘고 있기 때문입니다. 감기가 걸리면 내과 병원에 가고, 이가 아프면 치과에 가서 치료받듯이 '나 요즘 우울한 것 같아!'라는 마음이 들어 일상이 힘들 때는 상담을 받아 행복한 일상을 유지하는데 도움을 받고 사는 사람들이 많아졌습니다.

예컨대 리탈린 같은 각성제는 ADHD 치료약으로 쓰여 졌는데 지금은 성적을 올리고 집중하기 위해서도 복용을 한다고 합니다. 더불어 이라크 주둔 미국인 병사는 압박과 고통을 덜기 위해 수면제나 항 우울제를 복용하기도 합니다.

하지만 약의 효과는 잠시 뿐이고 그로 인한 만족감은 오래 유지 되지 않았습니다. 이러한 마음의 상태 그리고 감정에 영향을 미치는 부분은 쉽게 바꾸지 않습니다. 사람들을 비참하게 만드는 유일한 것은 몸에서 일어나는 불쾌한 감정들로부터 시작되는 것입니다.

지금 코로나19로 인하여 뉴 노멀 시대를 우리 아이들은 원하지 않은 상태에서 받아 드리고 있는 중입니다. 혼란 속에서 아이들은 미래에 대한 불확실성으로 인하여 심리적으로 불안과 우울, 그리고 공포심까지 느끼고 있는 상황입니다.

이때 그 어떤 교육보다 우선이 되어야 할 교육은 눈에 보이지 않는 교육을 찾아서 아이들을 도와야 한다고 생각합니다.

우리 부부는 아이의 생활면에 있어서 도와줄 수 있는 유일한 교육이 '테라피 교육'이라는 생각을 하게 되었습니다. 아이들의 감정을 잘 조절하고 활용할 수 있도록 돕는 교육법이 이제는 필요한 시대라고 보고 있습니다.

'테라피 교육'은 우리 부부가 전하고 싶은 아이들을 위한 발상의 전환교육입니다. 혼밥, 혼술 이라는 말이 처음 나왔을 때는 생소해서 낯설었지만 지금은 누구나 자연스럽게 받아 드리고 애용하는 단어가 되어버렸습니다.

우리에게는 흔히 무게감을 느끼는 단어 하나가 있습니다. 바로 '교육'이라는 단어입니다. 교육이라는 단어 위에 생소한 용어를 얹어 또 하나의 새로운 단어를 만들어 의미를 부여했습니다.

테라피 교육이 정말 생소하다 생각이 들지만 실은 교육현장에서 이미 실천하고 있는 교육위에다 아이들 마음을 살펴보고 읽어주기를 강화시켜 주는 것이라 할 수 있습니다.

우리는 어떤 위기나 변화가 생기면 적응을 잘하는 민족이라고 말들을 합니다. 혼자 사는 세상으로 가는 길목인 '정글'에서 이러한 테라피 교육의 방향과 방법을 알게 되면 아이들이 행복한 삶을 살아가는데 있어서 윤활유가 될 뿐만 아니라 힘들 때 괴로울 때 스스로 감정을 조절하고 활용하여 정신건강을 위한 '셀프처방'을 내리는 힘도 기를 수 있다고 봅니다.

아이들의 정신건강 셀프처방법인 '테라피 교육'은 다섯 가지로 바라보고 있습니다. '컬러수다 교육', '내뿜기 교육', '슈퍼히어로 교육', '달려라 하니 교육', '맞장구 교육'으로 나누었습니다. 이렇게 나눈 테라피 교육을 다시 소통처방, 행동처방, 공감처방으로 분류해 보았습니다.

첫째, '컬러수다 교육'입니다. 다양한 컬러, 색마다 특유의 파장과 에너지를 받아 아이들의 스트레스를 완화하고 심신안정을 얻을 수 있도록 마음을 다독거려 주는 소통처방법입니다.

아이가 어떤 컬러를 좋아하느냐에 따라 그 아이의 심리 상태를 쉽게 파악할 수 있다는 것에서 착안하게 되었습니다. 아이가 최근 부쩍 좋아하는 색이 있다든지 갑자기 끌리는 색이 있다든지 한다면 아이 몸에서 그 색깔을 필요로 하는 것입니다.

아이들이 눈에 가장 먼저 띄는 컬러를 통하여 현재 아이의 감정, 생각, 느낌, 기분상태를 쉽게 파악할 수 있으며, 아이의 심리 상태에 대해 편안하게 이야기를 나눔으로서 스트레스 수치를 낮추어 삶의 활력을 찾을 수 있도록 도울 수 있다는 것입니다.

다시 말해 컬러는 아이의 감정을 파악하는 힌트로 생활할 때 아이의 정서적 건강상태를 빠르게 체크 하면 좋을 것 같다는 생각이었습니다.

따라서 '정글'에서 아이가 생활할 때 기분전환이나 정서안정을 위해서 주변색의 컬러를 적절하게 활용한다면 심리적 안정을 꾀할 수 있습니다. 예를 들어, 오늘 우울하면서 기분이 가라앉고 불안한 상태이면 붉은색의 힘을 빌려 에너지를 상승시켜준다면 '정글'생활에 긍정적인 도움을 줄 수 있다고 봅니다.

때때로 기분전환이 필요하고 새로운 변화를 원할 때는 주황색이 필요합니다. 부정적인 생각이 자꾸 들며 자존감이 상실될 때 노랑의 힘을 빌리면 도움을 받을 수 있습니다. 심신의 안정이 필요할 때는 초록색의 힘을 이용하고, 바쁘고 힘겨울 때 마음을 차분하게 만드는 파란색의 힘을 이용하면 좋을 듯합니다. 그리고 강박관념을 탈피하고 싶을 때는 보라색의 힘을 활용하여 아이들의 마음을 다독여 주고 싶은 것입니다.

계절도 환절기가 있듯이 아이에게도 고비마다 환절기가 있습니다. 그 고비마다 마음의 문을 열어 아이가 지친 마음을 컬러의 힘으로 활용해 마음의 힘을 길러낸다면 얼마나 좋겠습니까?

어른들에게 있어서는 몸과 마음이 건강하게 산다는 것은 의외로 간단할 수 있습니다. 건강해 지는 것만 먹고, 운동을 하여 몸과 마음의 발란스를 유지하면 되지만 실은 아이들에게 있어 몸과 마음의 건강은 바로 꿈과 희망을 위해 열정을 갖고 생활할 수 있도록 돕는 것입니다.

둘째, '내뿜기 교육'은 아이의 내면에 쌓인 '화' 또는 '응어리'를 밖으로 뿜어내어 스트레스를 발산시키는 행동처방 법입니다. 일명, 임금님 귀는 당나귀 귀인 New~ 'York 테라피' 라고 할 수 있는데요. New~ 'York 테라피'는 아이들이 흥미롭게 관심을 둘만한 이름으로 교육적 효과를 얻기 위해 재밌게 붙여 보았습니다.

아이들에게 있어 건강은 단순히 병을 앓거나 심약한 상태를 벗어나서 신체적, 정신적 건강을 말합니다. 정신적 건강은 스스로 겪기 어려운 감정들을 느낄 때 의식적으로 밖으로 배출 할 수 있는 방법을 아이들에게 알려 주어야 정신건강을 지킬 수 있다는 사실에서 우리 부부는 발상의 전환을 해 보았습니다.

이때 영혼 수선공이라는 TV 드라마에서도 한 의사가 환자에게 마음속에 응어리를 밖으로 배출시키기 위해 〈당신의 속마음을 담아주세요〉라는 글이 새겨진 비닐 한 장을 처방전으로 나눠 주는 장면을 봤습니다. 우리 부부는 드라마 속처럼 아이들의 속마음도 자연스럽게 밖으로 배출하게 하는 행동습관을 들인다면 정신건강에 훨씬 유익할 것 같다는 생각을 했습니다.

우리 어른도 가끔은 화가 날 때 입에서 툭 튀어나오는 York 한마디가 마음을 위로해 주지 않습니까? 하지만 우리는 아이들에게 York만 하지 말라고 외쳤지 왜 York을 하고 싶은 상황에서의 마음까지 들여다보지는 못했던 것 같습니다.

실은 아이들은 어떤 상황의 내용을 마음에서 내뿜고 싶어서 York을 사용했을 수도 있었으니까요. 그렇게 본다면 York은 나쁜 것만은 아닙니다. 물론 상대방의 인신을 공격하거나 비난하는 York은 절대로 해서는 안 됩니다. 우리 부부가 말하는 '내뿜기 교육'의 일환인 New~ 'York 테라피'는 진정으로 힘든 아이의 속마음과 즐거운 마음도 함께 밖으로 표출해 보고자 하는 행동 처방법 이라고 바라 봐 주시면 좋겠습니다.

따라서 일명 임금님 귀는 당나귀 귀라는 '내뿜기 교육'은 아이들이 힘들고 지쳤을 때, 아이들이 마음이 아플 때, 아이들이 상처를 받을 때, 즐겁고 행복한 모든 일 등을 총 망라한 아이들의 생각과 의견을 당당하게 밖으로 표출함으로써 아이의 건강한 사고력을 키우는 동시에 정신건강에 긍정적인 영향을 주고 싶은 이유가 가장 크다고 할 수 있습니다.

앞으로 AI인공지능 시대에 우리 아이들은 로봇에게 일을 시켜야 하는 시대가 찾아옵니다. 그런 일을 효율적으로 시키기 위해서는 아이 스스로의 생각과 의견을 명료하게 말할 수 있어야 합니다.

따라서 어릴 때부터 자신만의 생각을 말로 명료하게 표출 할 수 있도록 기회의 장을 열어 주어야 합니다. 또한 미래의 인재상은 지식으로 충만해야 하는 시대는 이미 지났고 앞으로는 협업, 긍정적이고 건강한 사고를 가진 사람을 원하기에 '내뿜기 교육'은 필요성이 있는 교육이라 생각합니다.

셋째, '슈퍼히어로 교육'은 아이들의 신체적, 정신적으로 쇠약함을 극복하기 위한 탈출구로 '영웅'이라는 존재를 우리 부부가 탄생시켜 봤습니다. 이 영웅은 아이들 편에 서서 초인적인 능력으로 앞으로 더욱 무섭게 다가올 바이러스와 싸워 자신을 보호하는 역할로 연출을 해 봤습니다.

아이들이 다각도로 가상의 문제 상황을 설정하여 그것을 극복해 내는 과정을 연극이라는 매개를 통하여 상상하고 추론하여 문제해결 능력을 기르는 소통, 행동, 공감 처방법이라고 볼 수 있습니다.

'슈퍼히어로 교육'은 연극을 통해 아이들이 감정이입과 전이를 경험하고 어려운 상황을 함께 호흡하여 극복해 내는 힘을 기르게 됩니다. 또 연극을 진행하는 과정에서 아이들은 상대방의 감정과 생각, 입장의 차이를 간접적으로 알아 차려 사회적 유대관계를 형성하는데 긍정적인 영향에 도움을 줄 수 있다고 보고 있습니다.

다시 말해 연극을 통한 또 다른 효과는 자신만의 정체성을 갖게 되는 것입니다. 진정으로 자기 자신을 찾을 수 있는 기회를 갖고 내면을 들여다보면서 자신만의 색깔을 입혀 가치관을 정립할 수 있게 되는 것이지요. 겉모습을 예쁘게 치장하는 것이 아니라 아이의 내면에 자기만의 강한 기준을 세워 가치관을 만들어 내는 것입니다. 실제로 아이들이 자기의 가치관을 명확히 안다면 자기 확신을 가지고 당당하게 자기 길을 갈 수 있다고 봅니다.

그렇다면 가치는 정확히 무엇일까요? 나의 인생에서 가장 중요하게 생각하는 것입니다. 스스로 인생에서 무엇을 중요하게 생각하는지 알아야지 어떤 계획을 세울 수도 있는 것입니다. 즉 나의 가치를 제대로 모르면 인생은 돌고 돌아 맴돌 수밖에 없다는 것입니다. 왜냐하면 가치는 자신만의 선택 기준이 되는 것이기 때문입니다. 왜 사는지? 무엇을 위해 사는지? 때로는 의사 결정을 해야 할 때도 있을 것입니다. 이러한 것들을 '연극'을 통해 간접적인 경험을 해보는 것도 아이들에게 의미 있는 시간이라고 생각이 됩니다.

그러한 가운데 '연극'을 통해 아이들은 정체성이 생길 것이라 생각합니다. 뚜렷한 정체성이 생기면 오히려 건전한 인간관계를 만드는 데도 쉬울 수 있습니다. 또 어떤 방향으로 가는지 알게 된다면 아이에게는 많은 기회가 주어진다고 봅니다. 강조하자면 뚜렷한 정체성을 가지게 되면 아이들이 주도적인 삶을 사는데 많은 도움이 되리라 생각하는 우리 부부는 '슈퍼히어로'라는 영웅을 탄생시켜 본 것입니다.

넷째, '달려라 하니 교육'은 누군가와 땀을 흘리면서 쉬지 않고 달리는 달리기 활동이라고 할 수 있습니다. 물론 체육시간에 달리기는 많이 접하는 것이지만 우리 부부가 생각하는 '달려라 하니 교육'은 달리기 도중 함께 뛰는 사람과 자연스럽게 서로의 마음을 이야기 하며 스트레스를 푸는 방식으로 행동과 소통 처방법이라고 할 수 있습니다.

함께 달리는 대상은 친구가 될 수도 있고, 선생님, 부모님, 그리고 교장 선생님, 대학 교수님도 될 수가 있다는 것이겠죠? 아이는 건강한 정신을 가져야 편견 없는 올바른 생각과 감정에 시달리지 않은 마음을 길러낼 수 있지 않겠습니까? 이런 신체적 훈련과 정신적 훈련이 서로 보완하고 발전할 수 있는 것은 바로 달리기이기 때문에 달리기를 권장하는 이유가 된 것입니다.

달리기란, 건강을 지키는 가장 손쉬운 운동이며 가장 효과적인 운동이라고 할 수 있습니다. 특히 땀을 흘리면서 뛰는 달리기는 아이들의 인내, 지구력을 길러주고 근력을 키워주기 때문에 공부를 극복하는 힘과 바이러스를 물리칠 수 있는 면역력도 길러 낼 수 도 있다고 우리 부부는 생각하고 있습니다.

또 달리기는 아이들이 불안, 초조, 우울, 두려움을 이기는 데도 큰 도움이 될 뿐만 아니라 스트레스가 해소되고 기분전환도 되어 궁극적으로는 스마트 폰 중독에도 예방효과를 거둘 수 있다고 보고 있습니다.

아이들은 걸음마 단계에서는 "난 뭐든지 할 수 있어!"라고 자신있게 외치더니 한 살 한 살 나이를 먹으면서 자신감도 잃어가고 부모에게 의지하는 아이들로 되어 버리는 경향이 늘어나고 있습니다.

그 이유는 바로 요즘 교육이 아이들의 자발적인 의지나 욕구, 지적 성숙함을 스스로 발전시킬 수 있는 기회가 적지 않았나 생각이 듭니다.

매일 빡빡하게 짜여진 스케줄 표대로 학교와 학원을 전전긍긍하고 다니면서 머릿속에 넣기에 급급했지 정작 아이들의 생각을 꺼내서 토론을 해본 경험도 적을 뿐더러 혼자서 문제해결의 기회를 가져 본 것도 부족한 것이 사실입니다.

이러한 환경 속에서 아이들의 스스로 자발성을 발휘하기에는 다분히 어렵다고 볼 수 있습니다. 자발성이 없는 아이들은 그저 부모의 명령과 지시만 기다리게 된다는 것이지요.

그리고 결국 아이들은 대학에 들어가서도 논술을 작성하기 위해 논술학원을 다녀야 하고, 취업을 할 때도 취업시험을 위해 학원을 다녀야 하는데 이들이 어른으로 자라나게 된다면 얼마나 힘들겠습니까?

아이들이 스스로 자발성을 갖추기 위해서는 내면으로부터 강인한 면역력을 기르기 위해 인내, 끈기, 지구력에서부터 다지기를 시작해야 합니다. 그 건강한 출발을 위해 '달려라 하니'처럼 땀을 흘리면서 지금부터 달리기를 실천했으면 좋겠습니다.

다섯째, '맞장구 교육'은 공감 처방법입니다. 아이들에게는 정신적인 내편이 필요하다고 우리 부부는 보고 있기에 '맞장구 교육'으로 온전히 아이편이 되어 보자는 취지에서 생각을 시작했습니다.

아이들에게 있어 가장 절박하게 힘이 붙이는 순간에 필요한 건 "네가 그랬다면 뭔가 이유가 있을 것"이라고 편들어 주는 것이지 않을까 생각됩니다.

또한 아이들에게 사랑한다는 말 한마디가 몸과 마음의 면역력을 기르는 처방제도 될 수 있습니다. 간혹 '정글'에서 생활하다보면 화가 나고 짜증나고 좋은 말이 안 나가고, 그러다 보니 칭찬에 인색해지고 친구 관계에도 금이 가기 시작합니다. 칭찬 받아서 싫은 사람은 없지만 아이들은 정말 칭찬에 인색한 것 같습니다.

왜 이렇게 아이들은 칭찬에 인색할까요? 곰곰이 생각해 보니 칭찬받고 칭찬하는 것에 익숙하지 못하고 칭찬하는 방법 또한 잘 모르는 미숙한 수준일 수 있기 때문입니다. "잘했어!" "훌륭해!"라는 단순한 칭찬이나 어설픈 인정보다도 어떤 점이 잘했고 훌륭한 점은 구체적으로 무엇인지를 표현하기를 어려워합니다.

아이들이 '정글'로 간다고 일찍 일어나면 칭찬해 줘야 하는 것입니다. 못 일어나면 야단만 치는 것이 아니라는 것입니다. 실은 아이가 건강하게 아침에 일어나 준 것 만으로도 칭찬해 줘야 하는데 말입니다. 그런 칭찬은 생각할 조차 하지 않고 어른들은 무심코 넘어갑니다.

아이나 어른 할 것 없이 칭찬을 받으면 뇌 속에 있는 감정의 뇌에 신경적 반응을 일으켜 기분이 좋아져서 나빴던 일조차 잊어버리게 된다는 것입니다. 다시 말해서 칭찬을 받으면 몸과 마음의 행복감이 커져 감정뇌가 활발해지면서 잘 할 수 있다는 용기와 자신감이 생겨나는 것입니다. 그러면 몸과 마음의 면역력도 자연적으로 길러지게 되는 것이지요.

그런데 요즘 아이들의 이야기를 가만히 듣자하면 걱정이 늘었습니다. 아이들이 자기도 모르는 사이에 쉽게 내뱉는 말버릇이 문제였습니다.

"에이 씨!"

"짜증 나!"

"존 나 기분 나빠!"

"재수 없어!"

습관처럼 말하는 심층 언어의 위력도 아이들에게 대단하다고 볼 수 있습니다.

한 예로 "짜증나!" 소리가 귀로 들어가 뇌에 입력이 되면 짜증내야 되는가 보다. 왜 짜증을 안내지? 짜증내란 말이야! 이때 감정을 일으키는 변연 시스템이 작동하여 짜증내라는 호르몬이 품어 나옵니다. 그래서 처음엔.짜증이 안 나도 자꾸 투 덜 되면서 '짜증나'를 반복하여 말하면 뇌에서 '짜증'내라는 신호를 하게 됩니다. 결국 짜증이 납니다.

반대로 좋은 말버릇은 이렇습니다.

"어! 그게 재미있겠구나."

"참 괜찮은 생각이네."

"좋네, 나쁘지 않아."

"정말 재밌다."

"멋져."

"잘했어!" 혼잣말로 하는 습관이 어떠하냐에 따라 무의식적인 말버릇이 감정과 대화의 습관을 결정하는 위력으로 발휘되는 것입니다.

이렇듯 좋은 말보다 잘못된 말버릇은 아이들의 몸과 마음의 면역력을 떨어뜨리고 마음의 문을 닫고 공감과 소통을 단절 시키는 마력도 지니고 있습니다.

아이들이 일상에서 사용하는 언어를 보다 좋은 말버릇으로 유도하고 생활 속에서의 긍정적인 감정을 지니게 하는 방법은 바로 어른의 맞장구가 처방이라 생각합니다.

"어! 그게 재밌네." -> "맞아 맞아, 정말 재밌어!"

"참 괜찮은 생각이네." -> "좋아 좋아, 굿 아이디어야!"

"좋네, 나쁘지 않아." -> "그렇지 그렇지, 정말 좋구나!"

"재밌다." -> "그래 그래, 정말 재미있더라."

의사소통 교육

어느 날 학부모 행사가 있는 날이었습니다.

"학부모 여러분! 나는 의사소통을 잘 하는 사람이다 생각 되시면 손을 높이 들어 주십시오?"라고 물었더니 시끄러웠던 행사장에 적막이 흐르더니 아무도 손을 들지 않았습니다.

이번에는 반대로 다시 물었습니다.

"학부모 여러분! 내 아이는 의사소통을 잘하는 아이로 자랐으면 좋겠다고 생각하시는 분은 손을 높이 들어 주십시오?"라고 했더니 많은 부모들이 손을 번쩍 들었습니다. 이렇듯 부모는 못하지만 아이는 잘했으면 하는 사실은 우리 부모의 본연의 마음일 것입니다.

솜씨 중에 가장 으뜸이 말솜씨라고 합니다. 이러한 '말'은 듣고 말하면 고수이지만 듣지도 않고 말만 많으면 하수라고 합니다. 결국 의사소통을 원만하게 이루어지기 위해서는 우선 잘 들어야 한다는 것이겠지요.

상대방의 말을 듣지 않고 자기 말만 계속하면 건전한 대화가 이루어 질 수 없습니다. 의사소통이라는 것은 모든 인간관계에 기본이 되는 것이기 때문입니다.

의사소통은 우리나라 인성교육 진흥법의 8덕목 중에 하나이며, 그만큼 중요하다고 말할 수 있습니다. 의사소통에 있어서 '소통(疏通)'이란, 사람과의 관계에서 의견, 감정, 의사 등이 잘 통하는 것을 의미 한다고 할 수 있습니다.

의사소통은 다른 사람과의 느낌을 주고받는 과정에서의 '통한다'와 생각을 전달하고 수용하는 과정에서의 '전한다'라는 뜻을 지니고 있습니다. 의사소통은 타인과의 관계 속에서 조화를 이루어 살아가야 하는 시대에 다른 사람과의 정보를 주고받는 의사소통의 중요성이 점점 강조되고 있습니다.

특히 아이들이 깊이 있게 생각하지 않고 들은 대로 받아들이기만 하는 입시 위주의 주입식 교육문화는 국가 경쟁력을 떨어뜨리며 급변하는 사회와 국가, 그리고 국제 사회에서 필요로 하는 의사소통을 갖춘 인재를 키울 수 없습니다.

의사소통을 통해 좋은 관계를 유지하기 위해서는 상대방의 이야기를 잘 듣고 의미를 파악하여 이를 적절하게 반응도 할 줄 알아야 합니다. 무엇보다 중요한 점은 다른 사람들의 의견에 좌지우지 되지 않고 상대방과 나를 평등한 관계로 인정하고 서로를 존중하는 마음가짐이 먼저 이루어져야 올바른 의사소통을 할 수 있습니다.

이러한 의사소통은 아무 말도 하지 않는 한 자신의 생각을 다른 사람에게 전해 질 수 없습니다. 자신 스스로 표현을 안 하는데 다른 사람이 나의 마음을 미리 알아주거나 배려해 주기를 기대해서는 안 됩니다.

어느 날 이었습니다. 예의 바르고 친구관계도 원만한 아이를 둔 엄마에게 물었습니다. 그 엄마는 누가 봐도 수수해 보이는 가정주부였습니다. "어쩌면 자녀를 저렇게 반듯하게 키우셨습니까?"라고 물었더니 가정주부는 "아니에요. 밥 차려 준 것 밖에 없어요."라고 이야기를 합니다. 한참 지나 같은 질문을 했는데 변함없는 답은 "밥 차려 준 것 밖에 없다."라고 말했습니다.

그러면서 그 주부는 말을 이었습니다. 어렸을 때부터 아이의 밥은 직접 차려 주었고, 밥을 먹을 동안에는 아이의 이야기를 들어주고는 했다고 합니다. 아이는 밥상머리에서 자연스럽게 친구이야기와 공부이야기를 했다고 하는데요. 이야기 하는 동안 부모는 공감해 주고 격려해 주었기 때문에 의사소통이 원만히 이루어진 것입니다.

결국 부모와 아이의 소통은 밥상머리에서 이루어 졌고, 그 시간은 아이를 이해한 소중한 시간이었기에 커서도 부모와 의사소통을 잘 하는 비결은 아이의 말에 귀를 기울였기 때문입니다.

원활한 의사소통에는 크게 두 가지의 종류가 있습니다. 하나는 말이나 글로 자신의 생각이나 감정을 표현하는 것을 말하는데요. 주로 대화를 하거나 채팅, 카톡, 이메일을 활용하는 것도 의사소통이라고 할 수 있습니다. 또 다른 하나는요. 표정이나 몸짓, 자세, 동작 등으로 자신의 생각이나 감정을 표현하는 것을 말합니다. 일예로 우리가 늘 사용하고 있는 이모티콘도 일종에 의사소통이라고 볼 수 있습니다. 이모티콘은 원활한 의사소통을 위해 감초와 같은 역할을 해 주기도 합니다.

원활한 의사소통이라는 것은 자신이 전달하고자 하는 의미를 상대방이 잘 이해되고 받아들여졌는가, 또는 상대방도 전달하고자 하는 의미를 내가 제대로 이해했는가의 상태를 말합니다.

아이들 입장에서의 의사소통이란, 작은 의미에서는 정보 전달을 할 때는 설득으로 볼 수 있겠고요. 또 다른 의미에서는 친구관계까지를 포함하여 사회 구성원 간의 공감대 형성을 위해 노력하는 의사소통 활동이라고 할 수 있습니다.

아이들이 생활하는 '정글'속에서 의사소통이 원활히 이루어진다면 친구관계뿐만 아니라 공부시간에도 의사소통 과정이 정말 중요하다고 할 수 있습니다. 나아가 놀이할 때나 모든 인간관계에 있어 정서적 안정감을 가질 수 있고, 신뢰와 믿음에서도 협력적인 관계 형성에 긍정적인 효과를 거두는데 도움이 됩니다.

반면 의사소통이 원활하지 못한다면, 친구 간에 이질감이 생겨 불만도 높아지고 활동의 효율성도 떨어질 뿐만 아니라 불신 및 갈등의 원인이 되어 삶의 행복감도 저하 될 수 있습니다.

가만히 드려다 보니 '정글' 속은 의사소통이 원만히 이루는데 있어 상당히 어려움들을 겪고 있습니다. 위협이나 강요가 때로는 발생하는가 하면 일방대화로 인하여 충고나 비난식의 대화가 무성할 때도 있습니다. 이런 문제점을 개선하기 위해서는 아이들이 구체적인 의사소통 기술이 무엇보다 필요하다고 볼 수 있겠습니다. 그렇다면 의사소통이 원만하게 이루어지기 위한 구체적인 소통의 기술은 어떤 것들이 있을까요?

첫째, 일방으로 대화하지 않아야 합니다. 대화에도 예절이 있습니다. 말하는 것도 중요하지만 더 중요한 것은 듣는 자세입니다. 듣는 힘을 기르면 해결의 문은 언제나 열리기 마련입니다. 일방적으로 쏴 붙이기식 대화보다는 상대방을 향하여 편안하고 바른 자세로 배려심을 갖고 들어주면서 의견을 서로 나눌 때 좋은 감정이 유지되는 것입니다. 말만 하는 사람보다 잘 들어주고 의사소통을 잘하는 사람은요. 어느 세계에서도 성공할 수 있다고 우리 부부는 생각합니다.

둘째, 비난식의 소통은 바람직하다고 볼 수 없습니다. 긍정적인 언어는요. 상대방을 격려하고 지지함으로써 신뢰와 애정의 관계가 이루어지는 것입니다. 반대로 비난식의 언어는 상대방에게 열등감이나 죄의식을 가지게 하고 심한 갈등을 낳게 하는 원인도 되기도 합니다.

따라서 긍정적인 언어를 사용하게 되면 모든 관계가 발전되면서 인맥도 두터워 지기 마련입니다. 눈앞에 없는 사람을 칭찬하게 되면 인맥 운이 좋아진다는 말도 있지 않습니까? 인맥은 사람과 사람의 소통을 통해 연결해 주기 때문에 비난식의 소통은 되도록 삼가는 것이 바람직한 의사소통의 결과를 낳을 수 있게 됩니다.

셋째, 분석이나 평가하지 않아야 합니다. 남의 잘못을 내가 지적하고 평가해 준다고 그 사람의 행동이 바로 변화될 것이라고 기대한다면 오산일 수도 있습니다. 나의 의견이 옳고 그름을 지나치게 따지면 의사소통 관계에 있어서 긍정적으로 호전되기 어렵습니다. 건전한 의사소통을 위해서는 때로는 옳고 그름의 기준이 과연 무엇이며, 어떤 잣대인지에 대하여 의구심도 가져봐야 좋을 것 같습니다.

좋은 질문은 좋은 답을 불러일으킬 수 있듯이 분석이나 평가보다는 차라리 '칭찬'이라는 소통을 통해 그 사람이 잘하는 부분을 발달시켜 주면 정말 관계가 좋아질 텐데요. 지적보다 응원과 칭찬의 소통방법이 훨씬 긍정적인 변화가 나타나는 법입니다.

넷째, 책임을 전가하거나 핑계 대지 않는 것이 좋습니다. 여러

관계 속에서 뭐든지 '내탓이오' 하면 좀 어떻습니까? 어떠한 상황에서도 몸을 사리지 않고 내가 먼저 배려하고 낮추는 자세로 이야기를 한다면 상대방도 낮은 자세로 이야기를 들어주게 되어 있습니다.

상대에게 아낌없이 주고자 하는 마음을 갖고 이야기한다거나 또는 기분 좋게 져주면서 이야기를 나눈다면 오히려 더 좋은 결과로 다가오는 것 같습니다. 실은 의사소통을 통해 져주는 것도 상대방을 사랑하기 때문에 가능한 것일 테니까요.

다섯째, 선입견을 갖지 않는 것이 좋습니다. 상대방을 좋아하게 되면 마음의 문도 열리듯이 선입견을 버리면 소통이 시작되는 것입니다. 반대로 선입견은요 사람과 사람의 관계를 망칠 수도 있는 위력을 갖고 있습니다. '제는 원래 그런 아이야!'라는 선입견은 우리 뇌에 주관적이거나 왜곡된 지식이 쌓여 굳어져 다른 생각을 하지 못하도록 하는 것입니다.

이것이 고정관념인데 이러한 고정관념이 곧 선입견을 형성하는데 한 몫을 차지하기도 하고 편견도 불러일으키기도 합니다.

선입견은요. 먼저 선(先), 들입(入), 볼견(見)이니까 먼저 들어선 의견을 뜻합니다. 경험해 보기도 전에 또는 제대로 알아보기도 전에 먼저 짐작해서 정한 의견이나 생각을 우리는 선입견이라고 하는데요. 이러한 선입견은 살면서 정말 버리기 어렵습니다. 하지만 꼭 버려야 하는 것도 선입견인 것도 맞습니다. 우리는 상대방의 열 가지의 장점은 볼 줄도 모르고, 한 가지의 단점에만 집착하는 잘못을 범하지 않도록 아이들에게도 제대로 의사소통의 방법을 알려 주면 좋겠습니다.

여섯째, 욕설이나 상대방을 무시하지 말아야 합니다. 사람을 깔보고 업신여기는 말투나 폭언은 사실은 상대방에게 정신적인 학대나 정서적 학대를 가하는 것과 같습니다. 때로는 폭언을 하는 사람을 가만히 들여다보면 습관처럼 말하는 사람도 종종 볼 수 있습니다.

그런데 욕설을 일삼는 사람도 상대방에게는 좋은 말만 듣고 싶어 하고 칭찬만 받고 싶어 합니다. 이 얼마나 아이러니합니까? 서로 주고받는 상냥한 말씨는 운을 불러일으킨다고 합니다. 욕설이나 상대방을 무시하는 언어는 자제하고 항상 온화하게 웃고 말하는 사람에게는 호감을 느끼는 사람이 되었으면 합니다. 이러한 의사소통을 우리 아이들이 잘할 수 있도록 부모는 도와주어야 합니다.

한편 가정에서의 의사소통은 더욱 중요한 부분을 차지하고 있습니다. 의사소통이 원만하게 잘 이루어지는 가정은 가족 간에 사랑을 확인할 수 있으며 애정과 결속력을 증진시키기도 합니다. 또 가족 간 서로에 대한 이해를 바탕으로 차이를 인정하고 갈등을 해결할 수 있는 원동력이 되기도 합니다.

그런데 말입니다. 아이들도 부모도 서로 원하는 것이 다르고 소통방법에 대해 잘 알지 못하는 경우가 많습니다. 부모는 생일 선물을 사주고 축하해 주는 것으로 부모의 역할을 수행했다고 생각하지만 실은 아이는 선물보다 대화를 원할 수도 있다는 것이겠죠? 아이는 운동화가 갖고 싶은데 부모는 너에게 도움이 될 것이라며 책을 사줄 때 생각의 간극은 당연히 발생하여 상쾌 지수보다 불쾌 지수가 높아진다는 것입니다.

그렇다면 의사소통의 어려움은 어디에서 오는 걸까요? 이는 말 뜻을 정확히 이해하지 않고 각자 자기만의 생각으로 받아 드릴 때 소통에 어려움이 시작되는 것입니다. 간혹 대학생들도 관계를 맺고 소통하는데 있어서 쉽지 않다고 이야기를 합니다. 특히 상대방의 전달 의도를 제대로 이해해야 하는 부분에 있어서 상당히 어려워하고 있습니다. 다시 말해서 말한 내용의 사실과 의도를 확인하지 않고, 주관이 들어간 해석으로 인해 소통 부재의 원인이 될 수 있다는 것입니다.

예를 들어 짝꿍이 교실에 들어오자마자 책상위에 가방을 '탁'하고 던졌다고 가정해 봅시다. 앉아 있던 다른 짝꿍은 어떤 생각이 들었을까요?

나에게 뭔가 화가 나서 가방을 던진 건가? 오늘 뭔가 기분이 나뿐 일이 생긴 건가? 가방이 마음에 안 들어서 던지는 건가? 많은 생각으로 해석을 하다보면 짝꿍이 가방을 던지는 의도에 대한 생각의 오류가 발생된 다는 것입니다. 이러한 모든 상황은 결국 '자기표현'의 부족에서 오는 어려움이라고 할 수 있습니다.

효과적인 의사소통은 아이들의 생각과 의사, 바램, 감정 등을 스스로 잘 인식하고 상대방에게 적절하게 표현하는 것을 말 합니다.

일예로 친구와 오후 3시에 만나자는 약속을 받는 상황에서 내키지 않을 경우를 가정해 봅시다. "싫어 난 너랑 만나기 싫어!"라고 말한다면 상당히 공격적인 표현방법이라고 볼 수 있겠습니다. 반면 "친구야? 어쩌지. 난 3시에 다른 약속이 있어서! 미안해 다음에는 꼭 만나자."라고 말한다면 상대방 입장을 충분히 이해해 준다고 생각하며 기분도 나쁘지 않다고 받아들입니다.

이렇듯 자기표현이 상대방의 입장을 이해하면서 효과적으로 표현한다면 사회적 관계 맺기에도 유리하게 작용 될 것입니다.

효과적인 공감대화법에는 나 - 전달법이라는 것이 있는데요. 문제 행동이나 결과, 그리고 감정, 바램 순으로 이야기를 하는 것을 말하는 것입니다. 정말 중요한데요.

예를 들어 점심약속 시간을 정해 놓고 한 친구가 늘 늦게 나왔다고 가정해 봅시다. 이때 바람직한 공감대화법은 무엇일까요?

일반적인 대화법입니다.

"점심 약속시간이 몇 시인데 또 늦었니? 너무 한 것 아니야?

매번 늦으니까 정말 기분이 안 좋네! 다음에는 약속시간 좀 잘 지켜줘라."라고 이야기를 할 수 있습니다.

하지만 위와 같은 예를 나 - 전달법으로 말하자면 문제행동, 결과, 감정표현, 바램 순으로 표현하면 이렇습니다.

점심약속 시간을 정해놓고 또 늦게 나왔네? 〈문제행동〉

나는 너를 늘 기다렸어! 〈결과〉

난 너를 기다리는 동안 속상했었거든! 〈감정표현〉

다음엔 점심약속 시간은 꼭 지켜 줬으면 좋겠어!〈바램〉 순으로 이야기해야 되는 것입니다. 또한 바람직한 대화의 자세와 태도는요. 때와 장소에 맞게 말을 해야 하며 입이 아닌 가슴으로 진심을 담아 말을 해야 하는 것입니다. 또 상대방에게 밝은 표정으로 또박또박 말을 해야 하고 적절한 예와 근거를 대서 말을 한다면 훨씬 이해의 폭이 넓어집니다.

때로는 모르면 솔직하게 모른다고 말도 할 수 있는 용기와 상대방의 말을 끝까지 경청하며 말하는 사람의 얼굴을 보면서 대화를 이끌어 나가는 지혜도 필요합니다. 예의를 갖추고 상대방을 대하면서 매사에 긍정으로 말을 한다면 아이들 삶 전체 생활하는데 있어서 도움이 크리라고 생각합니다.

이렇듯 의사소통의 방법을 알면 쉽고 편한데 왜 우리는 불통일 때가 많았을까요? 사람과 사람 간에 관계는 산길과 같아서 서로 자주 소통하지 않으면 산길이 점점 희미해지고 결국에는 길이 없어지듯이 불통이 지속되면 소통하기가 아주 어려워집니다.

앞으로 우리 아이들에게 자신의 감정을 잘 표현할 줄 아는 아이들로 길러내고 이야기를 잘 들어 주고 경청 할 줄 아는 아이들이 되기를 소망하며 소통을 올바르게 하는 능력을 길러주었으면 좋겠습니다.

인정교육

우리 부부가 엉뚱하게 이름을 붙인 인정교육이란, 인성교육과 정서교육의 앞 글자를 딴 말로서의 '인정'과 다른 하나는 '인정'이라는 욕구에 대해 말하고 싶어서 이름에 의미를 불어 넣어 만들어 보았습니다.

첫 번째 '인정'이라는 의미는 그럴 수밖에 없는 것이 큰 테두리 안에서의 인성교육을 말하는데, 그 중에 정서교육이 담겨있기 때문입니다. 다시 말해 인성교육의 의미는 마음의 발달을 위한 정서교육과 연결 고리로 되어 있습니다.

또 하나의 '인정'이라는 의미는 현대사회에서 모든 사람이 끊임없이 인정받기를 욕망 하고 특히 다른 사람과의 비교를 통해 더욱 인정받고자 하는 욕구 때문에 사람들은 경쟁에 내몰리게 된 것이 아닌가 싶은 생각이 들었습니다.

따라서 인성교육과 정서교육 순으로, 그 다음은 인정욕구에 관한 이야기를 풀어 보도록 하겠습니다.

첫 번째는 '인성교육'입니다.

"생각의 씨앗을 심으면 행동의 수확을 얻게 된다.
행동의 씨앗을 심으면 습관의 수확을 얻게 된다.
습관의 씨앗을 심으면 인성의 수확을 얻게 된다.
인성의 수확을 심으면 운명의 수확을 얻게 된다."

영국의 소설가 찰스 리드(charles Reade)

현대사회가 눈부신 발전은 이루어 냈으나 경쟁을 강조한 나머지 그에 따른 부작용이 나타나기 시작하였습니다. 이혼으로 인해 가정이 해체 되었고, 우울, 불안, 자살, 학교폭력, 묻지마 범죄, 따돌림, 폭력이 심각한 문제로 떠오르면서 아이들의 인성과 도덕성에 다양한 문제점이 발견되고 있습니다.

인성교육이 중요한지는 누구나 공감하는데 한마디로 표현해 보라고 하면 왜 막히는지 모르겠습니다. 다들 아시다시피 인성교육 부재에서 나타난 현상은 상당히 심각한 수준으로 방송에서 또는 주변에서 이구동성으로 이야기 합니다. 인성교육은 우리나라 많은 분야에 자리를 잡고 있지만 그 누구도 관심을 높여서 앞장서고 있지 않습니다.

21세기는 창조적 인간만이 새로운 가치를 창출해 낼 수 있다고 합니다. 따라서 인성과 감성이 가치를 창출하는 원천이 되면서 교육 패러다임도 변화하고 있습니다. 예전엔 세상이 영어를 잘하는 인재에게 목말라 했지만 이제는 사람다운 사람, 창의력이 높은 인재를 목말라하는 시대로 바뀌어 가고 있다고 볼 수 있습니다.

지식 위주의 교육으로 인해 인성교육이 등한시 되었던 것은 아닌 가 우리 부부는 조심스럽게 걱정도 되었고 그러다 보니 현재 우리 사회가 겪고 있는 심각한 사회적 현상에 대한 대처와 예방백신이 필요함을 절실히 느끼게 되었습니다.

어떻게 보면 지금의 우리나라의 국민성은 인성교육보다는 타인을 밟고 올라가야 '성공'이라는 무한 시스템에 우리 아이들이 노출되어 있다고 봐도 과언이 아닙니다. 이런 점은 국가의 백년대계라 하는 교육계에 어두운 그림자를 새겨 놓은 것과 같습니다.

"너만 1등 하면 돼. 너만 공부 잘하면 되는 거야!"

"너만 좋은 대학가서 좋은 자리 차지하면 돼."

"너만 피해 안보면 돼."

이로 인해 서로가 서로의 불신이 무한 경쟁 교육에서 낳은 결과라고 보고 있습니다.

더불어 잘 살아가는 사회, 나한테 소중한 것은 타인에게도 소중하다는 것을 알려주는 사회, 결코 돈에 굴하지 않는 방법을 가르쳐 주는 사회를 만들어 질 수 있도록 하기 위해서 인성교육은 더 이상 놓쳐서는 안 되는 교육인 것입니다.

더불어 사는 세상에서 타인에 대한 이해와 배려, 관계, 협력, 공감, 사회성을 갖춘 인재 상을 요구하고 있다 보니 이제는 인성교육이 더욱 절실히 필요하다는 생각에 아무도 부인하지 않습니다.

실은 인성은 부모가 아이들에게 물려주어야 할 소중한 유산인 것입니다. 현대 사회에서 중요한 것은 스펙이 아니라 인성인데도 말입니다. 사실 인성은 말로 가르치는 것이 아니라 성숙된 모습을 어른이 보여주는 것입니다. 그 모습을 보고 따라 하기 때문에 성숙해 지는 것인데 말입니다. 다시 말해 부모는 아이의 거울이기 때문에 부모가 좋은 본을 보일 때 아이의 바른 인성이 생기는 것입니다.

우리나라에는 인성교육진흥법 이라는 것이 있습니다. 인성교육이라 함은 자신의 내면을 바르고 건전하게 가꾸고 공동체, 자연과 더불어 살아가는데 필요한 인간다운 성품과 역량을 기르는데 목적을 두고 있습니다.

일반적으로 '인성'이라는 두 글자를 많이들 헷갈려 하는 사람들이 있습니다. 왜냐하면 심리학에서는 인성을 '성격'으로 불리고, 교육학에서는 인성을 '인성'이라고 불리기 때문입니다. 또 철학에서는 인성을 '인격'으로 바라보고 논하기 때문에 용어의 차이로 혼돈을 빚을 수 있다는 것입니다.

결국 '인성'의 유사 어는 인격, 성격, 품격이며, 인성교육은 인간의 '격'을 끌어 올리는 것이라고 말하고 싶습니다.

인성교육, 즉 인간의 '격'은 어떻게 끌어 올릴 수 있을까요?

체험중심으로 가르쳐야 합니다. 당연히 이론보다도 직접체험을 함으로서 아이 스스로 느끼고 생각하고 경험해서 행동에 옮길 수 있도록 해야 합니다. 이러한 인성은 생활 속에 녹아 있는 것이기 때문에 교육하기 어렵고 단순한 학습을 통해 머리로 이해 할 수 있는 것이 아니라 체험을 통해 마음으로 느껴야 합니다.

또 통합해서 가르쳐야 합니다. 가정에서는 부모가, 학교에서는 선생님이, 사회에서는 어른들이 수시로 인성을 다루어 주어야 합니다. 나아가 일회성 교육에 그치면 안 되고 꾸준한 반복과 일관성 있는 지도가 있어야 내면화 되고 습관화 됩니다.

예를 들어 어른 앞에서 쩝쩝 소리 내면서 밥을 먹을 때 소리 내지 말고 조용히 먹으라고 꾸중을 합니다. 그런데 어느 날은 관심 있게 이야기 하고, 어느 날은 어른이 바빠서 소리 내어 밥 먹을 때 지도하지 못하면 안 된다는 것입니다. 습관화 하려면 늘 지속적으로 관심을 주어 행동을 수정해야 효과가 있고, 인성교육을 끌어 올려 줍니다.

인성교육, 용어의 내용에는 어떤 간극이 있을까요?

교육학에서 '인성'은 인간다운 삶을 살기 위해서 성취하고 도달

해야 하는 인간의 자질과 특성이며 어렸을 때부터 연습과 훈련을 통해 내면화되고 습관화되어야 형성 되는 것으로 바라보고 있습니다.

심리학에서의 '성격'은 인간의 심리구조 중에서 행동 결정 요인에 영향을 미치는 것으로 흔히, 성장, 태도, 가치관 등 일반적인 특성으로 바라보고 있습니다.

철학에서의 '인격'은 사람으로서의 자격으로 정의되고 법률적으로는 권리와 의무의 주체라는 의미로 바라보고 있습니다. 이와 같은 내용에는 간극은 있으나 모든 것을 포괄하는 개념으로 우리는 인성교육을 정의하고 있습니다. 앞으로의 세상의 최고 승자는 성적순이 아니라 성격 순, 또는 인성 순으로 바뀌면 정말 좋을 것 같지 않습니까?

앞으로는 '소유'도 사라지고 '고용'도 사라지고 '기업'도 사라진다고 합니다. 지금까지는 소유하는 게 당연하다고 생각했던 것들이 이제는 공유하며 살게 되는 세상이 찾아 왔기 때문에 협동, 존중, 소통, 예, 배려가 기반이 되는 인성교육이 더욱 필요한 이유입니다.

다시 말하면 지나친 경쟁 속에서 조화와 균형, 화합과 협동을 배우지 못한 아이들이 과연 다가올 세상을 올바르게 헤쳐 나가 진정한 경쟁력을 가질 수 있을까요? 그럴 수 없다고 봅니다. 너와

나, 함께 성장해 가는 올바른 경쟁과 더불어 살고 베풀 줄 아는 따뜻한 마음을 지녀야 합니다.

차가운 경쟁이 아니라 따뜻한 인성을 배워야 합니다. 올바른 인성교육 없이는 아이들의 행복한 미래도 우리 사회의 밝고 건강한 미래도 기대할 수 없습니다.

그런데 우리 부모들은 눈에 띄는 교육 결과를 빨리 확인하고 싶어 합니다. 어렸을 때부터 꾸준히 인성교육을 해야 한다는 필요성은 절실히 느끼지만 그 효과 또한 언제 나타나는지 무척 궁금해 합니다.

아이들에게 똑같이 교육을 시작했어도 같은 시기에 똑같은 효과를 거둘 수 있는 것은 아닙니다. 그 이유는 아이들 간에 차이가 있기 때문입니다. 어떤 아이는 교육적인 결과가 일찍 나타날 수도 있고, 또 어떤 아이는 늦게 발현(發現)될 수도 있습니다.

"왕따를 안 당하게 해 드리겠습니다." 이런 문구가 적혀져 있는 것을 오래전 길에서 본적이 있습니다. 너무 궁금해서 가던 길을 멈추어 설 수 밖에 없었습니다. 가만히 살펴보니 과외교습소 같은 곳인데 인성 · 예절을 가르친다고 적혀 있는 것을 봤습니다.

인성교육은 언제부터 시작해야 할까요?

이런 질문에는 많은 사람이 어렸을 때부터 인성교육을 해야 한다고 답하겠지만 정확히 언제부터인지는 잘 모릅니다. 우리 부부의 답은 태어나는 순간부터 한줌의 흙이 될 때까지 인성교육은 곧 영원한 짝꿍으로 생각하며 살아야 한다는 것입니다.

그렇다면 어렸을 때부터 배운 인성교육은 언제 효과를 거둘 수 있을까요?

이런 질문에 대해서는 우리 부부의 해법은 이런 것이 않을까 생각 됩니다. 인성교육의 효과는 초등학교부터 나타나는 것이 아니고 중학교에 가서 효과를 거두는 것도 아닐 것입니다. 아마도 인성교육의 효과는 인성교육을 시작하는 동시에 나타난다고 우리 부부는 생각 합니다.

아이들은 아침에 눈을 뜨고 밤에 잠들기 전까지 매 순간순간 선택과 결정을 하게 됩니다. 오늘은 바지를 입을까? 치마를 입을까? 오늘은 자장면을 먹을까? 짬뽕 먹을까? 이 친구와 사귈까? 저 친구와 사귈까? 어떤 친구를 사귈까? 라는 선택과 결정의 기로에 서있게 됩니다.

바로 이때 선택과 결정은 아이 스스로가 해야 한다는 것입니다. 매일 부모가 따라 다니면서 선택과 결정을 해준다는 것은 불가능하다는 것입니다. 부모가 선택과 결정을 다 해주면 아이는 커서 선택 장애나 결정 장애가 될 확률이 높을 수 있습니다.

여러 문제 상황을 맞이할 때 아이가 좀 더 나은 바람직한 방향으로 선택과 결정을 할 수 있는 힘! 이것이야 말로 바로 인성교육의 힘이 발현된다고 우리 부부는 보고 있습니다.

우리 부모들은 내 아이가 좋은 친구만을 사귀었으면 좋겠고, 어른으로 성장해서도 좀 더 나은 반려자를 선택하기를 바라는 마음은 당연한 부모의 마음일 것입니다. 그런데 현실은 어떻습니까? 좋은 친구를 사귀지 못하면 또는 좋은 반려자를 선택하지 못하면 인생은 결코 행복하지 않을 것입니다. 아이들이 올바른 선택과 결정을 어떻게 하느냐? 못하느냐에 따라 아이들의 삶 전체가 달라지기 때문에 인성교육이 정말 중요합니다.

강조하자면 아이들에게 있어 인성교육은 결국 올바른 가치관을 형성시켜 사람다운 사람을 길러내는 교육일 것입니다. 그러기 위해서는 타고난 선천적 기질도 중요하지만 부모가 어떻게 키우느냐에 따라 크게 달라 질수 있습니다. 결국 아이들에게 있어 인성교육의 결실은 '매일의 노력', 즉 보이지 않은 어른들의 노력이 녹아 들어가야 합니다.

인성교육이 절실히 필요한 이때 아이들이 행복한 삶을 살기 위해서는 우선 나를 존중하고 타인을 존중하는 배려가 전제되어야 합니다. 동시에 타인의 행복에 진심으로 기뻐해 줄 수 있는 마음도 길러 주어야 합니다. 이 모든 것이 인성교육이 제대로 이루어져야 성장한 후에도 예의 바르고 인간성이 좋은 어른으로 자랄 수 있을 것입니다.

두 번째는 '정서교육'입니다.

자녀의 정서는 부모의 정서를 닮는다고 합니다. 정서란, 사랑, 우울, 행복, 절망, 두려움 등 여러 가지 요소들로 구성되어 있습니다. 곧 정서는 '감각'을 매개로 하여 받아들이는 능력을 말하며 어떤 대상에 의해 생긴 일이거나 혹은 대상에 쏠리면서 일어나는 내적 감정이나 감각작용을 의미하기도 합니다.

『사피엔스』(Sapiens) 저자 유발 하라리(Yuval Harari) 역사학 교수는 다가오는 시대, 교육의 가치는 무엇을 중심으로 어떻게 바뀔까? 라는 문제를 던졌습니다. 그는 이제 "20년 동안 배워서 평생 먹고 사는 시대는 지났다." 앞으로 우리가 다음세대를 가르쳐야 할 과목은 '정서지능'과 '마음의 균형'이라는 영역인데 지금 교육은 마음이 단단하지 않아 조화를 이루지 못하고 있는 것이라고 밝혔습니다.

유발 하라리 교수가 말하는 정서지능과 마음의 균형을 우리 부부는 '정서지능'은 정서교육으로 연결된다고 보고 '마음의 균형'은 인성교육과 연결 고리로 되어 있다고 해석하고 있습니다. 이제는 감정을 다루는 정서가 그 만큼 중요해 졌다고 할 수 있습니다.

감정은 대부분의 경우 자신의 말이나 행동을 통해서 자신이 원하는 대로 움직이려고 할 때 나타납니다. 분노를 표출하면 상대방이 자신의 말을 들을 것이라고 생각하기 때문에 그 목적을 위해 분노라는 감정을 사용합니다.

또한 슬픔이라는 감정은 상대로부터 동정을 이끌어 내기 위해 만든 감정입니다. 이처럼 감정을 다루는 정서가 우리 마음속에 있는 것이 아니라 자신과 다른 사람 사이에 존재하는 것이라고 아들러는 말했습니다.

정서교육은 정서발달과 정서지능을 말하는 것으로 EQ와 같은 의미로도 바라볼 수 있습니다. 정서지능은 자신의 감정을 인식하는 능력과 자신의 감정을 조절하는 능력, 그리고 자신에게 동기를 부여하는 능력을 말합니다. 동시에 타인의 감정을 인식하는 능력과 인간관계를 관리하는 능력 모두가 정서교육으로 의미되기도 합니다.

아이들에게 있어 정서교육은 왜 필요할까요?

정서교육은 아이들의 정서적인 품성을 길러주는 교육이기 때문에 중요합니다. 점점 각박해 지고 삭막해 져가는 현대사회에서는 더욱 아이들을 존재로 보지 않고 도구로만 보고 있다는 생각이 듭니다. 지식위주의 교육이 성행됨에 따라 인간성이 소홀히 여겨지고 가족구조의 변화와 자녀수의 감소 추세에 따라 이기적이고, 자기 중심적으로 변하고 있습니다.

또 타인의 입장과 감정을 이해하고 수용하는 능력이 부족하고 그로인해 사회적 상호작용에서 갈등과 어려움을 겪거나 정서적 부적응을 경험하는 아이들이 날로 늘어나고 있습니다. 반복적인 정서적 부적응 경험이 고착화 되면 수정하기가 어렵고, 심할 경우 정신질환이나 반사회적 행동이 동반되기 때문에 정서적 위기를 맞이하게 되는 것입니다.

따라서 부모가 자녀에게 정서를 잘 표현하고 상대방의 정서를 수용하며 정서에 대해 이야기 하는 모습을 모델로 삼아 아이들은 정서를 학습하게 됩니다. 정서교육 역시 출생과 동시에 발달되므로 또래 관계가 형성되기 때문에 어릴 때부터 적절한 교육이 이루어질 필요가 있습니다.

이제는 아이들에게 약화된 정서조절 능력과 스트레스 대처능력, 낮은 자존감과 같은 개인적 역량을 강화하여 아이들 자신에 대한 이해와 존중을 통해 아이 자신의 정서를 적절하게 조절하는 역량을 키워야 한다고 봅니다.

아이들에게 있어 정서교육이라는 것은 무엇을 의미 할까요?

과거만 해도 인지 능력이 중심이었는데 최근 사회 정서적 적응 능력의 중요성이 급부상되는 현상은 바로 아이들의 인성 함양을 위한 정서적 조절능력 때문이며 이러한 정서적 조절 능력이 곧 정서교육의 핵심이라는 할 수 있습니다.

아이들의 정서교육은 정서지능을 끌어 올리는 것입니다. IQ보다 정서지능을 높여주어야 아이는 행복하고 '정글' 생활도 즐거운 것입니다. 정서지능이 높은 아이는 집중력, 문제해결, 친구 관계뿐만 아니라 학업이나 또래 친구에게 인기가 많고 우호적 대인관계를 형성하게 됩니다.

동시에 정서지능이 높은 아이일수록 문제해결도 잘해 주위 사람들로부터 인정을 받고 스스로 삶에 대한 만족감을 느끼며 성장하게 됩니다. 이렇게 정서 지능이 높은 아이들은 향후 학업성적이 높고 창의적인 사고를 가져 사회생활도 잘 할 수 있다고 봅니다.

반면 정서지능이 낮은 아이는 긴장하여 위축 되다 보니까 불안이나 주의가 산만하고 부정적 정서를 가지게 됩니다. 쉽게 환경을 적응하지 못하고 공격, 과잉행동을 보이기도 합니다. 또 문제행동을 일으키거나 사회적 기술 능력이 대체적으로 떨어지는 경우가 많습니다. 새로운 상황에 수줍어하고 위축되며 공격성도 높아 과잉 행동을 하면서 자라날 확률이 높습니다.

아이들은 신기하게도 기분이 좋아야 공부도 잘합니다. 꽃 중에서 영원히 지지 않은 꽃, 늘 기분이 좋아 활짝 웃는 꽃이 있다고 합니다. 그것은 바로 아이들의 '웃음꽃'입니다.

우리 부부는 '정글'에서 흘러나오는 아이들의 '웃음' 소리가 멈추지 않고 영원했으면 좋겠다는 마음으로 인성과 정서교육이 정말 중요하다고 생각하여 현장에서 늘 이 부분에 정성을 쏟고 있습니다.

세 번째는 '인정교육'입니다.

우리 부부는 인정교육을 두 가지로 바라보고 있습니다. 하나는 '인정' 욕구에 대한 이야기이고 다른 하나는 말 그대로 인정해 주자라는 의미를 담고 있습니다.

먼저 '인정' 욕구란, 인정을 받고 싶은 인간 본연의 욕구를 말합니다. 현대 사회에서 모든 사람이 가치 있는 존재라는 인식이 생겨나기 시작하였고, 누구나 가치를 인정받을 수도 있으며 인정받기를 원하게 되면서 자신의 가치를 더 인정받기 위한 경쟁이 시작되었다고 합니다. 이러한 경쟁이 바로 루소라는 학자가 주장하는 인정 투쟁과 맥을 같이하고 있습니다.

인정 투쟁이란 무엇을 의미 할까요?

아이들이 다른 아이와 비교하여 더욱 인정받고자 합니다. 아이들에게 있어서 인정 방식은 아마도 자신이 쌓아 놓은 스펙일 것 같습니다. 스펙은 아이 개인의 잠재력을 가지고 있는 것을 보여주는 것이고, 스펙으로 인해 잠재적인 능력을 발휘한 만큼 다른 사람들로부터 가치를 높게 인정받고 싶어 합니다.

자신이 성취한 학력이나 재능 같은 것에 대한 인정은 다른 사람에게 과시용으로 작용 될 수도 있기 때문에 아이들은 더 많은 것을 획득하여 인정받고 싶은 욕구가 커지고 그것들을 쟁취하기 위해서 경쟁이 과열될 수도 있습니다. 그러다 보면 인정 투쟁에서 승리할수록 오히려 불안하고 공허해지는 심리를 느낄 수 있습니다. 하나의 예를 들어본다면 재산이 많을수록 좋은 것만도 아닙니다. 재산이 많을수록 잃어버릴 수 있다는 상실에 대한 두려움과 동시에 더 많은 증식을 행해야 한다는 강박감에 시달릴 수 있다는 것입니다. 따라서 인정 투쟁에 집착하는 모든 사람은 존재의 자유를 잃어버릴 수도 있습니다.

우리 부모들도 어쩌면 아이가 필요 이상으로 지식을 소유하여 다른 아이에게 과시하고 인정받으면서 자라나길 바랄지도 모릅니다. 내 아이의 의견이 다른 아이의 의견을 압도하고 우위에 있음을 확인한 후에야 부모는 자부심을 갖으며 충족감을 느낄지도 모릅니다.

그러다 보니 우리 아이들은 다른 아이의 인정을 쟁취하기 위하여 끊임없이 경쟁을 하게 되고 승리하건 실패하건 늘 두려움과 불안에 떨 수밖에 없다는 것입니다. 이렇게 인정받기 위한 경쟁에 집착하는 아이들은 강박감에 노출될 우려가 높습니다.

결국 사회갈등의 가장 큰 원인으로는 인정받고자 하는 지나친 경쟁인데요. 2등 보다는 꼭 1등을 하고 싶은 욕구, 좀 더 좋은 대학에 들어가고 싶고, 더 나은 직장에 취업하고 싶은 욕구가 있습니다. 또한 은메달, 금메달을 따고 싶은 욕망과 같은 경쟁에서만 봐도 과열에서 비롯된다고 볼 수 있습니다.

왜냐하면 인정받기 위해 경쟁하는 과정에서 아이들은 다른 아이와의 지나친 승부욕으로 인하여 아이 자신도 더불어서 함께 살아야 하는 진정한 행복도 모르는 채 경쟁 속에서 살아갑니다. 이러한 지나친 경쟁에서 부르는 부작용을 이제는 인지해야 할 때입니다.

지나친 경쟁으로 인한 인정 투쟁의 극복 방법은 무엇일까요?

아이들이 가지고 있는 본래의 건강한 감정을 찾아내는 것입니다. 건강한 감정이란, 인정받기 위해 경쟁으로 오염되지 않는 전 상태를 말하며 이러한 건강한 감정은 교육을 통해 회복할 수 있다고 생각합니다.

동시에 지나치게 타인과 비교하거나 과열경쟁 같은 시행착오가 다시는 일어나지 않도록 교육해야 합니다. 건강한 감정을 지닌 아이들이 되어야 비로소 다른 아이들과 상생과 동등한 공존의 조건을 받아들이면서 살았으면 좋겠다고 생각합니다.

사실 아이들에게 있어서 상생과 동등한 공존의 존재는 이런 것이 아닐까 생각됩니다. 아이들은 저마다의 성격도 다르고 재능도 다르고 소질도 다르게 태어납니다. 이러한 모든 아이들에게 똑같은 교육이 주어진다는 것은 때로는 모순이 아닐까 생각이 듭니다.

모든 아이가 똑같이 동등하게 개개인의 소질을 찾아낼 수 있는 교육이 우선이 되어야 한다고 생각합니다. 그래야 친구 간에도 저마다의 소질을 존중하면서 서로 돕고 함께 공존이 이루어진다고 봅니다. 그렇게 된다면 어느 한쪽 편 아이에게 치우치지 않고 모든 아이들이 조화롭게 상생할 수 있을 것입니다.

다른 하나의 '인정' 의미는 말 그대로 '인정'해 주자라는 의미가 아닐까 생각합니다.

세상이 바뀌다 보니 사회가 필요로 하는 인재상도 당연히 변화하고 있다는 것도 사실입니다. 앞으로는 명확한 답을 원하는 사람보다 오히려 호기심 있는 질문을 찾아 던질 줄 아는 사람을 선호할 것입니다. 또한 주어진 일에만 잘 수행하는 사람보다는 어떤 프로젝트를 주도적으로 이끌어내서 무언가를 해낼 수 있는 능력을 갖춘 인재를 원하고 있습니다.

이제는 의사, 판사, 번역가 등 현존의 직업을 선택하고자 취업 준비 교육을 한다면 정말 큰 오산입니다. 왜냐하면 4차 산업혁명 시대로 인하여 지금의 인기 있는 대부분 직업들이 사라지기 때문입니다. 설마 좋은 직업들이 사라지겠어? 라고 의구심도 갖게 됩니다.

하지만 이제 받아들이고 인정해야 합니다. 세계경제포럼이 발표한 미래 일자리 보고서에 따르면 2020년에는 4차 산업혁명으로 인해 금융, 메니저먼트, 컴퓨터 관련, 엔지니어링, 교육과 같은 분야에 약 200만 일자리가 창출 된다고 밝히고 있습니다. 반면 자동화, 인공지능과 같은 첨단화 기술로 인하여 사무, 행정, 제조업 분야에서 700만 개 일자리가 사라진다고 예측하고 있습니다.

그렇다면 사라지는 직종에 있는 사람들을 어떻게 교육을 통해서 새롭게 생기는 직종으로 전환해야 하느냐가 이제는 우리에게 중요한 숙제가 될 것 같습니다. 이러한 일들이 쓰나미처럼 몰려오기 전에 사전에 대비할 수 있는 교육이 이루어진다면 많은 사람들이 그러한 현상을 발 빠르게 인정하고 좀 더 혼란 없이 새로운 일자리를 더 많이 창출해 낼 수 있다고 우리 부부는 바라보고 있습니다.

결국 지금은 존재하지 않지만 미래에 존재할 직업을 찾아낼 수 있는 역량 또한 길러내는 교육이 중요하다고 볼 수 있겠습니다. 그러기 위해서는 주어진 환경에서의 문제 해결력을 뛰어 넘어서 아무것도 조건이 주어지지 않는 상황에서도 어떤 것이 문제인지 찾을 수 있는 능력 또한 아이들이 길러진다면 정말 좋겠습니다.

시대의 변화를 인정하며 이러한 아이들이 건전하게 성장할 수 있도록 하기 위해서는 시키는 일만 하지 않고 스스로 문제를 찾아 개척하고 도전할 수 있는 사람으로 자라날 수 있도록 도와야 합니다.

더 나아가 인성과 자질 함양을 통해 서로 간에 협업이 잘 이루어지는 사람으로 키워야 할 것입니다. 이러한 모든 잠재적 능력을 함양해서 그 사람마다 가지고 있는 개별적인 능력을 인정해 주는 사회가 되길 바라는 마음입니다.

자연 친화, 환경교육

스위스 교육자인 페스탈로치는 "아이들을 자연으로 내보내라. 언덕 위와 들에서 아이들을 가르쳐라. 그곳에서 아이들은 더욱 좋은 소리를 들을 것이고 그때 가진 자유의 느낌은 아이들에게 어려움을 극복할 수 있는 힘을 줄 것이다. 그리고 이런 자유시간에 아이들은 당신에 의해서라기보다는 오히려 자연에 의해 배울 수 있도록 해라. 아이들이 걸음을 멈추면 바로 그때 새의 지저귐이나 나뭇잎 위에 곤충의 노래를 듣게 될 것이다. 나무와 새와 곤충이 아이들을 가르치게 될 때에 당신은 조용히 있도록 하라."

pestalozzi의 '은자의 황혼' 중에서

숲이라는 자연은 우리 아이들에게 수천 가지의 놀잇감을 제공해줍니다. 자연 속에서 아이들은 푸르른 하늘을 바라도 보고 푹신한 땅을 밟으면서 아이들의 감수성은 자극받게 됩니다. 아이들이 머물기만 해도 많은 이점과 도움 되는 부분이 많습니다. 숲과 나무와 가깝게 지낸 아이들은 분별력과 판단력, 창의력이 뛰어나고 더 적극적이고 활동적인 어른으로 성장하게 된다는 것입니다.

따라서 우리 아이들의 상상력과 창의력을 최대한 발휘할 수 있는 자연에서 공존하면서 환경교육을 실천하면 좋을 것 같습니다. 그러다 보면 자연스럽게 생명존중과 생명체가 지닌 모든 대상, 자연 생태계를 귀중하게 여기는 마음까지 생겨 날 수 있을 테니까요.

어느 날 자연 속에서 놀던 아이가 땅위에 기어가는 지렁이와 달팽이를 보면서 이런 질문을 던집니다. "지렁이와 달팽이가 달리기 시합을 하면 누가 이길까?" 한 아이가 곰곰이 생각 하더니 달팽이가 지고 지렁이가 이긴다고 합니다.

이유는 달팽이는 무거운 짐을 지고 달리기 때문에 지렁이한테 질 것이라고 설명을 하는데요. 모르 긴해도 어른들은 정확한 답을 내리려고 고민을 하다 그런 문제가 어디 있냐고 말할 수도 있습니다. 하지만 아이는 문제를 자연스럽게 받아 드리고 답도 쉽게 찾아 문제를 풀어냅니다.

아이들이 문제를 풀어나가는데 있어서 신기하게도 아이 만에 특유하게 보는 눈이 따로 있는 것 같습니다. 그리고 아이만이 생각하는 법과 느끼는 방법 또한 달라 보입니다.

만약 이런 아이가 어른이 되었을 때 똑같은 문제를 던진다면 과연 같은 답을 내릴 수 있었을까요? 어른으로 성장하는 과정에서 이미 그 순수했던 생각들이 오염되어 어렸을 때 답했던 그 해답을 그대로 대답하지 못했을 것이라고 생각 합니다.

이러한 이유로 환경교육은 언제부터 해야 가장 효율적일까요? 라는 질문 앞에 서게 된다면 우리 부부의 답은 하나 일 것입니다. 어렸을 때부터 자연과 친화하면서 환경문제를 풀어내야지 정답일 것이라고 말입니다. 또한 자연과 더불어 공존하면서 살아갈 수 있는 능력을 키워 주어야 한다고 생각합니다.

다시 말해 순수한 생각이 오염되지 않았을 때부터 자연에 관심을 가질 수 있도록 해야 하고, 환경 문제도 자연스럽게 받아드려 함께 헤쳐 나가 살아갈 수 있는 방법을 찾아내도록 도와주어야 할 것입니다.

그러기 위해서는 먼저 자연과 친해질 수 있게 해 주어야 합니다. 우리가 살아가는데 있어 자연은 친구이자 가족임을 어렸을 때부터 일깨워 주어야 합니다. 또 자연을 소중히 아끼고 가꾸어 보호할 수 있는 능력 또한 길러주어야 합니다.

'자연'의 중요성에 대하여 이미 체코의 철학자 코메니우스(John Amos Comenius) 사상에서 엿볼 수 있듯이 아이들의 본성은 자연이라고 전제하면서 자연과 아이들이 조화로운 관계 형성을 통하여 전인적인 발달이 이루어져야 한다고 말하고 있습니다. 그는 "만일 우리가 자연을 안내자로 삼고 따라 간다면 결코 길을 잃지는 않을 것이다."라는 키케로의 말을 인용하면서 자연의 원리에 따르는 자연친화 교육을 제시하였습니다.

자연은 곧 우리의 환경 그 자체이고 우리생활에 모든 것이라고 할 수 있습니다. 환경이라는 것은 우리의 삶의 근원이며 삶의 또 다른 원천입니다.

환경은 우리가 알고 있는 천연 자원뿐만 아니라 사회·경제적 영향에도 전 세계가 연결되어 있기 때문에 환경에 대한 기본적인 이해가 우선 필요합니다.

우리는 그러한 환경에 고마워해야 하고 그동안 환경으로부터 얻은 풍요로운 혜택도 누린 만큼 우리 아이들 세대에도 그대로 전달해야 하는 책임이 있다고 생각합니다. 그래야 우리 아이 세대들도 자연환경으로부터 사회적인 이익과 경제적 혜택을 누릴 수 있을 테니까요.

그런데 올해는 더욱 유난히 사회적 주목을 받은 대표적인 환경문제로 온난화, 미세먼지, 녹조, 폭염 등 환경적인 이슈가 많아졌다는 것입니다. 환경오염과 기후변화에 대한 고민들이 무성하지만 해결책이 불분명 한 것도 있습니다.

실은 가만히 드려다 보면 환경 문제란, 결국 우리 어른 세대가 만들어 낸 산물이라고 할 수 있습니다.

환경문제가 심각해져가고 있는 이때 온 지구에 이변이 일어난 것을 다들 아시겠지요. 코로나19로 전 세계 사람들이 활동을 멈추게 된 것입니다. 모든 활동이 멈춤으로 인하여 지구는 오히려 건강해져가고 있고, 환경오염이 확연히 줄어들고 있다는 사실을 확인할 수 있었습니다.

이러한 상황만 봐도 그동안 전 세계는 날로 눈부시게 발전해 왔지만 환경오염은 더욱 심각해졌음을 이제는 누구나 다 알 수 있습니다. 이처럼 환경오염의 주범으로 지구 온난화와 경제성장을 꼽을 수 있겠는데요. 그동안 지구 온난화 현상과 경제성장을 멈추게 해야 하는데 해결책을 찾지 못한 채 성장만 거듭해 왔습니다.

그런데 이번 코로나19가 전 세계가 풀지 못한 어려운 과제를 순식간에 해결하고 모든 것을 멈추게 한 것입니다. 이런 사실만 봐도 세계는 이제 하나의 가족임이 틀림없습니다.

이제 앞으로 우리에게 중요한 과제는 지구와 환경을 보호하기 위한 교육이 이루어져야 할 것입니다. 그 이유는 '성장'은 생태적 균형을 불안정하게 만들기 때문에 환경오염으로 인하여 우리는 파국을 면하지 못할 거라는 예상되기 때문입니다.

예를 들어 가깝게 우리나라 제주도 해안가에 녹조현상인 괭생이 모자반이 뒤덮여 환경재앙이라 불릴 정도로 해안가에 부패, 악취, 해충의 피해까지 시작되었다고 합니다.

이런 현상이 왜 일어나는지 우리는 이제 한번 생각 해봐야 할 때입니다. 바다를 통하여 얻어지는 것들은 그동안 아주 많았지만 우리는 과연 무엇을 바다로 돌려주었던가요? 바로 오염이었습니다.

우리는 플라스틱과 같은 물건을 바다에 흘리고, 하수 쓰레기를 바다에 버렸기 때문에 해양오염이 심각해졌습니다. 화학물질이나 오염물질을 바다에 버려 수질을 파괴하는 것을 멈춰야 하는 것인데요. 이를 위해서 우리는 바다를 관리하고 환경을 보호해야 합니다. 과연 이대로라면 지구를 이끌어 갈 우리 아이들에게 안전한 미래를 보장할 수 없습니다.

예전에는 우리 아이들이 비만 안 오면 자연으로 뛰어나가 노는데 지장이 없었습니다. 하지만 요즘에는 미세먼지 농도가 몇이냐? 초미세먼지가 어떤가를 파악하고 난 후 놀게 됩니다.

햇빛이 쨍쨍 나도 미세먼지가 나빠 실외로 나갈 수 없는 날이 많아지고 있습니다. 이러한 환경오염 주범인 미세먼지는 우리 아이들이 커가는 과정 속에 악 영향을 미치는 가장 큰 문제점입니다.

이 미세먼지를 극복하기 위해서는 가까운 주변에서부터 꾸준히 나무 심기를 해야 한다고 합니다. 바로 나무가 미세먼지를 빠르게 흡수하기 때문일 텐데요. 이제부터라도 되도록 아이들과 함께 나무를 많이 심어야 합니다.

아울러 아이들에게 자연과 더불어 사는 삶이 소중하다는 것을 강조해야 하는 동시에 체내에 먼지를 걸러주기 위해서는 물 마시는 습관과 채소, 과일, 미역을 꾸준히 섭취해야 합니다.

앞으로 우리의 최우선 과제는 결국 온난화를 막는 것입니다. 세계 평균 기온 상승을 막지 못하면 엄청난 속도와 규모의 환경 파괴가 시작됩니다. 북극의 빙하도 현재 아주 가파른 속도로 녹고 있으며 이는 지구를 심각하게 오염 시킬 수 있습니다.

그런데 우리는 계속되는 지구환경의 경고에도 불구하고 자연을 되살리기 위한 노력은 턱없이 부족한 상태입니다. 앞으로는 지구를 지키고 환경을 지키며 우리 스스로를 지키기 위해서는 환경문제에 관심을 두어야 할 때입니다.

그렇다면 아이들에게 환경교육이 왜 중요할까요? 우리 역사가 수천 년간 진행되어 오면서 전 세계는 점차 더 하나가 되어 가고 있습니다. 이제 하나의 단위, 하나의 가족입니다.

세계는 지금 정치, 금융, 의학 등이 점점 통합되어 가고 있고 자연관까지 합일을 이룬 하나의 가족이 되어 가고 있는 것이라 할 수 있겠습니다. 그렇기 때문에 환경교육은 전 세계가 함께 풀어나가야 할 과제이며, 우리 아이들의 삶의 지속가능성을 이해하는데 환경교육이 중요한 역할을 차지하기 때문입니다.

특히 요즘 청소년 학생들 스스로 자신들을 멸종 위기 종이라고 말을 합니다. 그만큼 우리 아이들이 앞으로 살게 될 세상을 상상해 보면 더 절박하게 생존의 문제를 생각 할 수밖에 없습니다. 그래서 더욱 청소년 환경교육이 중요한 것은 청소년이 미래의 주인공이기 때문입니다.

어려서부터 배우는 환경교육은 다양한 환경문제를 대처할 수 있는 에너지와 긍정성을 갖게 해 주는 것입니다. 그러므로 우리가 알고 있는 환경문제에 대한 정보와 지식을 청소년들이 쉽게 이해할 수 있게 전달해야 하고 항상 환경마인드를 가지고 성장할 수 있도록 도와야 합니다.

환경에 대해 기억해야 할 중요한 점은 현재 우리가 누군가를 위해 남겨둔 환경이 미래 우리 자신에게 다시 돌아와 영향을 미치게 된다는 것입니다.

그렇기 때문에 청소년 환경교육은 앞으로 누려야 할 것에 대해 인식하고 환경을 잘 유지해 또 다른 미래 세대에게도 지속 가능한 삶을 살 수 있도록 물려주어야 한다는 것을 배우는 것이므로 반드시 알아야 할 중요한 교육이라고 할 수 있습니다.

그중에서도 현재를 뛰어넘어 미래에 더 큰 문제를 야기 시키는 기후변화 시대에 살아갈 청소년들이 환경문제를 먼저 인지하고, 왜 그런 일들이 일어나고 이런 문제를 해결하거나 적응해서 살아가려면 어떻게 해야 하는지에 알려 주어야 합니다.

하지만 슬프게도 점점 환경오염이 심각해지고 있는데 환경 교육은 제대로 이루어지지 않고 있다고 합니다. 환경문제 대책이 시급

함은 모두 인지하지만 여전히 입시위주의 과목에 치중한 채 환경 교육 과목이 외면당하는 이유가 가장 큰 문제로 보고 있습니다.

또 하나의 문제는 안전교육, 성교육 등 교육받아야 할 과목이 너무 많기 때문에 환경교육을 제대로 받지 않아 아이들이 환경에 대한 관심이 적은편이라는 것입니다.

앞으로 우리 아이들에게는 미세먼지라든지, 기후변화 같은 환경 문제에 관심을 두고 활동위주로 교육을 할 수 있도록 도와야 할 것입니다. 이제 환경교육은 더 이상 선택이 아니라 필수교육이며 생존교육입니다.

시대가 변화고 환경이 변화하면 요구되는 지식도 이제는 변해야 합니다. 앞으로 미래 세대를 위한 환경교육을 반드시 해야 하는 이유는 우리 아이들 세대가 존재할 권리를 침해 받아서는 안 됩니다. 환경교육은 곧 미래 우리 아이들 세대의 존재를 보장하는 기본적인 권리여야 합니다.

이제는 아이들의 건강한 미래를 위해 어른이 행동으로 답해야할 때입니다. 우리 어른세대가 다음세대에게 물려 줄 가장 중요한 의무교육이 바로 환경교육을 실천하는 것입니다. 자연환경이 우리 아이들의 인생에 나침판으로 여겨 새로운 교육의 발판을 삼아야 할 때라고 우리 부부는 생각합니다.

매너교육

사람은 '나'를 그대로 드러내는 사람에게 끌려합니다. 잘생긴 훈남보다 유머가 있으면서 매너까지 있는 사람을 더 선호하는 세상이라고 볼 수 있습니다. 심지어 결혼상대자 1위는 돈이나 학벌, 직업, 스펙보다 유머러스하고 매너 짱인 사람과 결혼하고 싶다는 아이들이 많습니다.

아마도 아이들은 유머러스하고 매너 짱인 사람과 함께 있으면 왠지 즐겁고 행복하게 살 것 같다는 생각이 드나 봅니다. 즉 아이들 눈에 유머 있는 사람은 말을 감칠맛 나게 잘 하는 사람으로 보고 있고, 매너 있는 사람은 예의 있게 상대방을 대하는 순간들을 매력적으로 보고 있는 듯합니다.

21세기의 주된 자원이 토지도 금도 석유도 아니고, 이제는 '매너 있는 사람'이 절실히 필요로 하는 세상으로 바뀔 것으로 보고 있습니다. 그렇다면 우리가 알고 있는 에티켓 있는 사람과 매너 있는 사람은 어떤 사람을 말하는 것일까요?

에티켓 있는 사람은 인간관계를 원만하게 하기 위한 기본 틀을 지닌 사람이라면 매너 있는 사람은요. 매사에 바른 행동과 몸가짐을 지닌 사람이라고 할 수 있습니다.

에티켓과 매너의 차이는 약간 있긴 합니다. 에티켓은 반드시 지켜야할 규칙과 규범을 말하는데요. 이는 곧 합리적인 행동 기준으로 볼 수 있습니다.

예를 들어,
아는 사람을 보면 인사를 하는 것.
휴지를 쓰레기통에 버리는 것.
약속시간을 지키는 것.
화장실에서 노크를 하는 것.
밥 먹을 때 조용히 먹을 것.

빨간색 신호일 때 멈춰 서는 것 등이 에티켓이라고 할 수 있습니다. 에티켓은요. 결국 내가 지켰냐? 안 지켰냐? 하는 문제로 보면 될 것 같습니다. 그런데 상대를 배려하지 못하는 에티켓은 상대방의 기분을 상하게도 할 수 있습니다.

반면 매너는 에티켓보다 한 단계 발전한 것으로 보면 될 것 같습니다. 매너는요. 사람이 어떤 행동을 할 때 몸에 밴 습관이나 행동, 태도를 말합니다. 즉 사람마다 지니고 있는 몸가짐으로도 볼 수 있습니다.

예를 들어,

아는 사람을 보고 인사를 할 때 상대방이 기분 좋게 인사 받을 수 있게 하는 태도를 말할 수 있습니다. 매너 있는 사람은 인사를 할 때 형식이 아니라 존경심을 담고 인사를 해야 하는 것입니다. 그런데 인사를 하는 건 맞지만 상대방의 눈을 보지 않거나 인사를 하면서 아무 말을 하지 않는다든지 말을 중간에 끊거나 하는 사람을 보면 인사하는 에티켓은 있지만 매너가 없는 사람이라고 볼 수 있습니다.

윗사람에게 자리를 양보할 때도 배려심 있는 행동이나 태도로 양보하는 마음과 약속시간에 상대방이 도착하기 쉽고 편한 곳으로 장소를 정하는 것 등을 매너라고 보면 될 것 같습니다.

매너는요. 상대방을 배려했느냐? 그렇지 못 했느냐?의 문제로 볼 수 있겠습니다.

우리 부부는 에티켓과 매너를 통 털어서 매너로 이야기를 하곤 합니다. 이렇게 우리가 갖추어야 할 에티켓이나 매너 습관은 생득적으로 얻어지는 것이 아니라 교육을 통하여 형성됩니다.

살면서 매너가 중요한 이유는 한 개인의 평생 습관의 밑바탕이 되므로 일상생활에서 거의 매일 반복적인 교육을 받아야 원만한 사회생활을 하는데 도움이 됩니다.

매너 습관이 제대로 형성되지 않으면 건강한 친구 관계뿐만 아니라 사회생활을 유지하는데 어려움도 가지게 됩니다.

'정글'속을 가만히 살펴보니 아이들에게 우선 필요한 매너는 전화 매너, 식사 매너, 자리 매너, 네티켓 매너 등으로 엿보입니다. 전화매너는 짧은 통화시간 동안 언어로 소통하기 때문에 오해의 소지와 전하고자 하는 메시지를 정확하게 전달하기를 꽤 어려워합니다.

또 식사 매너는 친구와의 관계를 교류하는 중요한 시간이므로 소리 내서 먹지 않는 것, 음식을 삼킨 후 대화하는 것. 편식하지 않는 것 등이 꽤 실천하기 어려워 보입니다.

동시에 네트워크(Network), 에티켓(Etiquette)의 합성어인 네티켓(Netiquette)의 매너가 새롭게 강조되고 있는데요. 수업시간 또는 공공장소에서 '무음'으로 알아서 전환할 수 있어야 하며, 이어폰을 사용할 때라든지 셀카나 사진 촬영 시 다른 사람이 찍히지 않게 조심해야 할 부분입니다. 하지만 이미 이런 부분이 생략되거나 무방비 생태에 이르고 있습니다.

특히 네티켓 매너는 남에게 불쾌감을 주는 악성 댓글 달지 않도록 해야 하고, 남의 ID를 도용하거나 남의 ID를 만들지 않아야 합니다. 또한 불법복제품을 사용하거나 유통하지 말아야 하며 일상생활에 지장을 받을 정도로 컴퓨터에 중독되어서는 안 되니 모두 노력해야 합니다.

나아가 자신의 생각을 친구에게 강요하지 않아야 할 것이고, 내 눈으로 직접 본 것 외에 허위사실을 퍼뜨리는 사람이 되지 말도록 노력해야 할 것입니다. 동시에 사이버 생활에 필요한 기본 상식을 스스로 몸에 익히기 등 일상에서 실천할 수 있도록 도와주어야 합니다.

이번에는 자리 매너입니다. 아이들이 선후배와 함께 단체모임에 참여할 때 상석과 말석의 자리를 알아차려 앉을 수 있어야 하고, 학교 엘리베이터에서도 윗사람이 탔을 때의 자리양보 매너도 익혀야 합니다. 또한 친구나 윗사람과 함께 승용차에 승차할 때가 생기면 좌석배치 예절에 대해서도 남녀 모두 잘 알고 있어야 합니다.

이러한 내용을 바탕으로 정글과 가정이 한마음으로 아이의 매너 교육에 공을 들인다면 교육적 효과는 반드시 두 배가 된다고 우리 부부는 믿고 있습니다.

갈등관리 교육

갈등(葛藤)은 칡 갈자와 등나무 등자가 합쳐져서 갈등이라는 말이 만들어 졌습니다. 칡과 등나무는 서로 반대방향으로 엉켜서 자라나기 때문에 잘 맞지 않는 것일 텐데요. 이런 상황을 가리켜 바로 갈등이라고 합니다.

갈등은 언제 어디서나 일어나는데 크게 두 가지로 볼 수 있습니다. 하나는 심리학적으로 보는 갈등인데요. 아이들이 서로 다른 욕구가 충돌하는 상태를 의미합니다. 다른 하나는 사회학적으로 보는 갈등인데요. 사회를 구성하고 있는 다양한 집단 간의 이해나 주장에서 올 수도 있는 견해의 불일치의 상태를 말하는데 아이들은 두 가지의 갈등 모두 해당이 된다고 보고 있습니다.

결국 아이들 스스로가 인식하고 있는 기대와 현실 간에 불일치와 아이가 수행해야 할 역할과 어떤 능력간의 불일치도 갈등을 유발할 수 있습니다.

하지만 갈등은 아이들에게 있어 나쁜 것만도 아닙니다. 갈등은 성취나 추론, 문제 해결능력을 향상시킬 수 있으며 아이들 스스로 갈등을 해결함으로써 인간관계에서의 정체감과 결속감을 만들어 낼 수 있습니다.

'정글' 속에서 조용히 아이들을 관찰해 보니 친구 간에 관계가 원활하지 못하면 갈등의 원인이 시작되는 것 같습니다. 또한 가정과 학교에서 역할이 불분명 할 때도 갈등을 빚기도 하는 것 같습니다. 친구 간에 서로 각자 바라보는 생각의 차이와 해석의 오류, 그리고 견해가 서로 충돌할 때 갈등도 일어나는 것 같습니다.

이러한 갈등의 원인은 어디에서 오는 것일까요? 아이들 개인의 이기심과 부정적인 시각에서도 올 수 있습니다. 그리고 축적된 좌절과 편견에 의한 판단, 열등감과 우월감, 무엇보다도 의사소통의 문제로 갈등이 유발되는 원인이라고 볼 수 있습니다.

이러한 갈등을 해결하기 위해서는 우리 아이들에게 원인을 찾아 낼 수 있는 능력을 길러 주어야 합니다. 가정에서 부모와의 갈등인지, 친구 간에 갈등인지 시스템에서의 갈등인지, 사회화에서의 갈등인지의 여부를 찾아 낼 수 있어야 합니다.

또한 찾은 원인의 요소들을 수동적이거나 회피하려고 하지 말고 갈등을 인정하고, 신속하고 적극적으로 해결하는 능력 또한 길러 주어야 합니다. 해결하는 가운데서 아이들은 타협과 협상을 통해 끊임없이 문제해결을 위해 도전하고 노력할 수 있는 기회 또한 제공해 주어야 합니다.

다시 말해 갈등 원인에는 여러 가지의 유형이 있을 수 있을 텐데요. 이러한 유형에 따라 아이들은 의사결정을 내리게 됩니다.

아이들에게 갈등 상황이 일어났을 때 어떤 방법으로 풀어내는 것이 바람직할까요? 강요로 밀어 붙일 것인지, 회피할 것인지 아니면 타협을 볼 것인지, 협력이나 양보할 것인지 판단하고 결정하여 갈등을 풀어내야 합니다. 쉽지는 않겠습니다. 중요한 것은 갈등을 풀기 위해서는 아이들 개인의 성향에도 영향이 있겠지만 갈등 상황이라는 어떠한 타이밍도 정말 중요 하다고 볼 수 있습니다.

토머스(Kenneth W. Thomas)라는 학자는 갈등이 나타나는 상황에서 상대방의 의도를 먼저 정확히 알아야 잘 대처할 수 있다고 말합니다. 그는 『갈등관리 모델』에서 개인의 대응은 두 가지의 행동차원에 따라 달라질 수 있다고 보고 있습니다. 하나는 협력의 정도에 따라서 협조 하는 것과 다른 하나는 자기주장의 정도에 따라서 독단하는 것입니다. 다시 말하자면 상대방의 관심을 충족시켜 갈등을 해결하려는 협조성과 자신의 관점을 충족시키려는 독단성이라는 두 가지 차원을 결합하여 다섯 가지 갈등관리 방식을 설명했습니다.

여러 가지 갈등 상황에서 대처할 수 있는 유형으로 강요, 회피, 타협, 협력, 양보라는 5가지 스타일을 말했는데 이러한 스타일로 바로 대인관계 갈등을 해결한다고 볼 수 있습니다.

그 중 강요 형은 자신에 대한 관심이 높은 반면 타인에 대한 관심이 낮은 편입니다. 즉 자신 스스로의 판단에 대해 독단적 방식을 취하는 유형으로 상대방의 분노나 원망을 살 수도 있는 타입입니다. 즉, 갈등상황에서 대립하거나 강요하는 힘이 있을 때 독단적인 태도로 볼 수 있다는 것인데요. 이러한 강요 형은 의사소통이 원활하지 못하고 오류도 인정하지 못하는 타입이라고 할 수 있습니다.

회피 형은 자신에 대한 관심은 낮은 반면 상대방에 대한 관심이 높은 요인으로 갈등을 직면하기 보다는 갈등을 회피하고 물러나는 것으로 자신뿐만 아니라 집단의 어떤 관심사조차도 무시하는 경향이 짙습니다. 즉 신중히 알아보고 생각하는 타입으로 의견 불일치에 대해 부정으로 생각하는 타입으로 볼 수 있겠죠. 문제는 상황이 쉽게 해결이 안 되고 시간을 끌면서 의견 조율이 안 되며 개선도 잘 안 되는 타입입니다.

타협 형은 자신과 상대방에 대한 관심이 중간 정도인 경우를 말할 수 있는데요. 양측모두가 어느 정도 양보하여 다소 불만족을 감수하면서 약간의 만족을 하는 형태라고도 볼 수 있습니다. 즉 적당히 시간을 계속 끄는 것은 모두에게 좋지 않다고 보는 입장으로 서로 양보하고 신속한 합의를 이루는 타입입니다. 문제는 실리를 추구하다 보니 원칙과 가치를 망각할 우려가 발생할 수도 있습니다.

양보 형은 상대방의 관심사를 충족시켜 달래고 조화를 추구합니다. 즉 자기의 욕구를 포기하고 상대방을 화나게 하지 않은 타입입니다. 문제는 어떤 문제 상황을 쉽게 포기하기도 하도 자기주장과 영향력이 상실할 우려가 있습니다.

협력 형은 문제해결책을 찾기 위해 갈등과 문제해결에 직면하는 것입니다. 이 타입은 자신과 상대방이 서로 받아들일 수 있는 해결안을 찾기 위해 차이점을 알아내고, 정보를 교환하며 개방적인 대화도 하게 됩니다. 즉 양자 모두 이득을 볼 수 있고 장기적으로 더 좋은 관계를 맺는 방법으로 Win-Win방식에 해당됩니다.

이렇게 다양하게 발생할 수 있는 갈등상황의 근본 원인은 상대방을 이해하는 마음의 부재에서부터 시작 될 수 있습니다. 서운한 생각만 하고 손해 보는 생각만 들면 그 갈등의 고조는 최고가 됩니다.

반대로 좋았던 감정을 생각해 내고, 함께했던 재미있었던 일을 회상하면서 문제를 해결해서 풀어간다면 자연스럽게 관계가 좋아지고, 구태여 갈등을 빚을 일도 아닌데 라고 생각이 들어 화합과 결속으로 한순간에 마술처럼 풀리게 됩니다.

갈등을 풀기 위한 방법에 있어서 제일 먼저 해야 할 일은 '공감'

이라고 할 수 있습니다. 비판적인 생각을 가지면 무슨 일이든 비판적으로 보거나 꼬아서 부정적으로 생각하게 됩니다. 반면 낙천적인 생각을 가지면 어떤 갈등이 다가와도 수용하려는 마음과 긍정적으로 문제를 해결하려는 의지가 넘치게 됩니다.

관계에서의 갈등도 일시에 문제가 완전히 해소되지는 않습니다. 상대방이 내 마음에 쏙 들게 변해 줄 것도 아니고 누적된 서운한 감정들이 일시에 사라지기는 어렵습니다. 오직 할 수 있는 일은 아이가 왜 그렇게 행동할 수밖에 없었는지 먼저 '공감'해 주는 것부터 시작해야 합니다.

이렇듯 우리 아이들이 앞으로 친구 간에 바람직한 공감대가 형성된다면 '정글'생활도 안정적이고 갈등도 줄어 폭력성을 멈추게 할 수 있습니다. 또한 아이들이 다양한 현상에서 일어나는 갈등관리를 잘 풀게 된다면 소통 능력도 늘고, 우울감에 맞서 아이 스스로 해결할 수 있는 힘이 생기게 될 것입니다.

그러기 위해서는 우리네 부모들은 아이의 갈등상태를 수시로 관심을 가져 관찰하고 잠재적 갈등 요소를 찾아 제거 할 수 있도록 도와야 합니다. 또한 아이들에게 발생된 갈등문제를 잘 관리해서 효율적으로 해결 할 수 있는 마음가짐이 중요하기에 부모의 지속적인 관심과 격려가 필요합니다.

예비 부모교육

부모교육은 곧 자녀를 잘 키우고 싶은 마음에 관한 교육이라고 할 수 있으며 완벽한 부모가 되는 것이 아니라 좋은 부모가 되기 위함이라고 볼 수 있습니다. 모든 어른들이 좋은 부모가 되기 위해서 부모가 되기 이전에 미리 예비 부모교육을 받는다면 부모로서 자질을 충분히 갖추고 결혼할 수 있게 됩니다.

따라서 우리 부부는 좋은 부모 밑에서 자란 아이가 대부분 안정적이고 행복하게 생활하는 모습을 오랜 시간 교육현장에서 지켜보면서 더욱 더 부모교육을 강조하고 싶은 마음뿐입니다.

부모교육이란 엄마와 아빠를 교육해서 행복하게 아이를 키우는 것이고 부모의 역할을 잘 수행하도록 변화시키기 위한 모든 교육이라고도 볼 수 있습니다.

부모교육을 받으면 왜 좋을까요? 실은 부모교육은 부모를 가르치는 것이기도 하겠지만 그러한 일보다 더 중요한 것은 부모로서 공감하는 것일 수도 있습니다. 공감 속에서 부모교육을 제대로 받게 되면 부모도 행복해지고 자녀도 행복한 삶을 살 수 있는 지름길이기 때문입니다.

그렇다면 누가 부모교육을 받아야 할까요? 엄마, 아빠요? 아닙니다. 부모교육은 '자녀교육'이며 '어른교육' 이라고 생각하기에 아이를 키우기 위해 관련된 모든 어른이 부모교육의 대상자가 되어야 부모교육의 효과를 맛볼 수 있습니다. 즉 아이가 있는 곳에 모든 어른들이 부모의 역할을 제대로 수행해야 진정한 부모교육의 결실을 맺을 수 있습니다.

예를 들어, 어떤 아이가 어른이 바르게 인사하는 모습을 옆에서 보고 자라면 그 모습이 롤 모델이 되어 인사를 잘하는 자녀로 성장하게 되는 것입니다. 이러한 예로 보아도 부모는 누구나 될 수 있지만 반듯하고 좋은 부모는 누구나 될 수 없다고 생각합니다.

다양한 부모교육 방법 중에 예비 부모교육은 이제 간과해서는 안 되는 부분이며, 특히 10대 예비 부모교육의 필요성은 세상이 바뀌어 갈수록 날로 높아지고 있습니다.

예비 부모교육이라 함은 부모가 되지 않은 사람이나 임신을 하여 곧 출산을 앞두고 있는 부모를 말하지만 10대 대상으로도 반드시 예비 부모교육이 이루어져야 부모 역할에 대한 준비교육이 이루어질 수 있습니다.

예비 부모교육은 부모역할이 무엇인지에 대한 이해와 어떻게 자녀를 양육하는 방법을 앎으로서 부모로서 자신감을 키워 주고 부모가 되어서도 균형 있는 삶을 잃지 않고 살아 갈 수 있도록 도와주는 교육이라고 할 수 있습니다.

아이가 생기고 난 다음에 부모교육을 받으면 이미 늦을 수 있습니다. 다시 말해 예비 부모교육은 부모가 되었을 때 어떻게 바람직한 방향으로 부모역할 수행에 필요한 지식과 기술, 그리고 태도를 사전에 알아차림으로 좋은 부모가 되는 것입니다.

역으로 생각하자면 부모교육은 자녀와 관련된 모든 교육이며 완성이라는 것은 없는 것 같습니다. 그리고 부모교육은 끝도 없는 것 같습니다. 곧 죽어가는 부모도 자녀 걱정을 하다 결국 한줌의 흙이 되는 것과 같이 자녀에 대한 생각은 부모의 일상의 삶인 것입니다.

간혹 부모는 자녀를 키울 때 부모의 욕심이 앞 설 때가 있습니다. 부모의 욕심은 곧 자녀의 자랑이며, 부모의 체면이고 대리만족이지 않았었나 생각도 듭니다. 자녀를 통해 부모 자신을 자랑하려고 하고 자녀를 통하여 체면을 내세우려고 했던 것이 아닐까라는 생각을 멈출 수 없습니다. 또한 자녀를 통하여 부모가 못했던 것을 이루려고 하는 마음이 있지는 않았을까 되새겨 보기도 합니다.

그러나 자녀는 부모가 아닌데 말입니다. 자녀는 하나의 인격체이고 자녀 나름대로 삶이 있을 터이며, 부모가 결코 자녀의 삶을 대신 살아 줄 수 없을 텐데 말입니다. 조기 유학, 기러기 아빠와 같이 부모의 삶을 희생해서 까지 자녀에게 집중한다면 부모의 삶도 자녀의 삶도 없다고 볼 수 있습니다. 그로인한 문제 행동이나 부모에 대한 분노, 그리고 스트레스는 돌이킬 수 없는 결과를 낳기도 합니다.

행복한 부모가 되어서 행복한 자녀를 키우고 싶다는 마음만을 가지고 부모가 된다는 것은 어렵고 허상처럼 보입니다. 뱃속에 아이를 품은 순간부터 엄마는 좋은 부모가 되고 싶어들 합니다. '태교'란 자식에게 좋은 영양제나 보약을 먹는 것보다 책을 읽어주고 좋은 음악을 들려주는 것보다 엄마가 스트레스를 받지 않아서 스트레스가 태아에게 전달되지 않게 하는 것이 가장 중요한데 말입니다.

'산후 우울증'은 또 왜 생길까요? 곰곰이 생각해보니 자식을 키우는 것보다 다른 일이 더 의미 있다고 생각하는 데서부터 출발하기 때문입니다. 자녀를 낳는 부모에게 가장 중요한 일은 자녀를 잘 키우는 일인데, 대다수의 부모는 잘 키우기 위해 돈을 많이 벌어야겠다는 생각을 먼저 하게 됩니다. 하지만 그 생각마저도 큰 오산입니다.

왜냐하면 자녀가 부모를 필요로 하는 결정적 시기에 부모에게 애착을 느끼지 못하고, 그 시기를 놓치면 다음에 결정적 시기는 돌아오지 않는 다는 것입니다. 결국 부모의 기회는 다시 주어지지 않기 때문에 자녀가 부모를 필요로 하는 시기를 결코 놓쳐서는 안 됩니다.

고인이 되신 전성수 교수는 "이 땅의 부모에게 자녀를 올 곧고 균형 있게 양육하는 방법을 이야기 하면서 제발 복수 당하는 부모가 되지 말고 자녀와 행복하게 지내며 존경받는 부모가 되라."고 간절한 소망들을 반성하는 마음으로 책을 쓰셨습니다.

그분은 "어린 시절 무리한 공부는 자식입장에서 너무 큰 부담이고 스트레스다. 자식의 뇌가 과부하가 걸린다. 아이는 엄마의 인정을 받아야 하기 때문에 엄마가 요구하는 모든 한글, 영어, 수학 공부를 잘 할 수 있다. 그러나 그것이 나중에 공부 자체에 대한 흥미를 잃어버리게 되고, 뇌가 그쪽으로만 발달해서 다른 사람과의 사회성이나 인간관계, EQ 등은 전혀 발달하지 않을 수 있다."라고 덧 붙였습니다.

또한 "무엇보다도 큰 문제는 한국의 부모들이 자녀를 매우 사랑하는데 잘 못 사랑하는 경우가 많다. 자녀가 원하는 것을 다해주는 것을 사랑으로 생각하거나 자녀를 모든 위험으로부터 보호해주고 과잉보호 하는 것을 사랑으로 생각한다는 것이다. 미래에 좋은 직업과 성공을 위해 최대한 많은 공부를 시키는 것을 생각하니 말이다. 자녀에게 좋은 옷과 물건을 사주고 좋은 대학을 보내기 위해 선행학습을 시키고 여러 학원에 보내는 것을 사랑으로 생각하는 경우가 많다."고 안타까움을 드러내셨습니다.

그러한 원인은 "한국의 부모는 자녀교육에 대해 정확하게 배운 적이 없는 상태에서 자녀를 낳아 기르고 있다. 또한 결혼하고 가정을 이루는 것에 대한 교육도 거의 받지 않고 결혼하여 부부생활을 한다."라며 자녀에 관한 부모교육을 강조하셨습니다.

끝으로 그는 부모들에게 "자녀를 정신병자나 비행을 저지르는 사람으로 키우고 싶은가?"라는 질문에 대한 답을 다음과 같이 하였습니다. "돌보지 않는 사랑을 하면 된다. 사랑을 하되 과잉사랑을 하면 되는 것이다. 그리고 자녀의 모든 행동을 감싸주고 지시하고 간섭하고, 통제하면 된다. 돌봄이 낮으면서 과잉보호하는 사랑이 자녀를 정신병자로 만드는 지름길이다. 이것은 신경정신과 의사나 소아 정신과 전문의들의 한결같은 연구 결과이다."라고 피력 하셨습니다.

우리네 부모는 자녀에 대하여 생각의 오해를 갖곤 합니다. 자녀들이 부모 앞에서 손을 무릎에 가지런히 얹고 조용히 앉아 있어야 한다는 생각과 부모가 이야기 하면 다 들어야 한다는 생각입니다. 또 학원 천국으로 뺑뺑이를 돌리면 성공 천국으로 갈 것이라는 확신이 모든 문제를 야기 시키기도 합니다.

왜냐하면 아이들은 움직임의 존재이기 때문에 절대로 꼼짝하지 않고 앉아 있지도 못 할뿐더러 생각하는 인격체이기 때문에 부모의 말을 전적으로 인정하지 않으려고 합니다. 또 나 때는 다 앉아 있었는데, 지금의 너희들은 왜 못 앉아 있느냐는 생각은 설익은 생각일 수도 있습니다. 왜냐하면 지금의 부모와 자녀들의 세상은 정서적인 환경도 생각도 다를 수 있기 때문입니다. 이렇듯 자녀에 대한 부모의 생각에 관한 오해를 극복하기 위한 해결책이 바로 부모교육입니다.

부모교육이 제대로 이루어진다면 영어 단어 하나 아는 것보다 훨씬 중요한 것이 자녀의 인성교육에 애정을 갖게 될 것이고 자녀의 긍정적인 자아상을 가꾸는 일에도 심혈을 쏟게 될 것입니다.

또한 자녀를 올바른 어른으로 성장시키기 위한 지적 · 사회적 능력도 길러주고 다른 사람과 어울릴 수 있는 사회성도 키워 주어야겠다고 인지하게 될 것입니다. 식물도 너무 많은 거름과 물을 주면 죽는 것과 같이 모든 것을 자녀에게 빨리 부과하게 되면 무리가 따르기 마련이라는 것도 부모교육을 통해 인정하게 될 것입니다.

나아가 부모교육을 통해 자녀와 조금은 천천히 함께 만들어 나가는 인생의 참맛을 느껴야겠다고 생각을 할 것입니다. 자녀가 다른 사람들로부터 존중 받기 원한다면 그 자녀 역시 타인을 존중해 주는 따뜻한 마음을 길러 줄 것입니다.

결국에는 자녀가 진정으로 필요한 것이 무엇인지 예비 부모교육을 통해 알아간다면 자녀를 키우기 위해 돈을 벌어 좋은 환경 속에 자라게 하는 것도 중요하지만 더 중요한 것은 자녀들과 함께 하는 시간을 늘려야겠다는 생각으로 변하게 될 것입니다. 그러기 위해서 부모가 진정으로 필요한 것은 바로 애착에서부터 시작된다고 인지하게 될 것입니다.

호텔이나 리조트에 가서 좋은 것만 먹이고 좋은 시설에서 뛰어 놀게 하는 것도 중요하지만 야영장에 가서 텐트도 같이 쳐보고, 갯벌에 가서 조개를 캐어 밥도 함께 지어보는 부모를 더 동경할 것입니다. 자녀의 사고력을 길러주는 방법은 멀리에서 있는 것이 아니라 부모와 함께 하는 다양한 활동 속에서 사고력이 길러지는 때문인 것이지요. 이렇게 예비 부모교육을 통해 부모 생각에 대한 인식이 바뀌면 자연스럽게 자녀와의 애착관계도 다르게 변화하면서 긍정적인 교육효과를 얻게 될 것입니다.

애착이라는 것은요. 사랑하는 사람과 관계를 맺고 유지하는 것을 말합니다. 대표적인 예는 부모와 자녀, 가족 간의 사이에서 애착이 가장 많이 존재합니다. 부모는 자녀와 서로 사랑의 관계를 때로는 집요하게 요구하려고 하는데 이것은 실은 본능이라고 생각 합니다. 자녀와의 스킨십은 자녀의 정서와 성장에 매우 큰 영향을 미치게 됩니다. 이러한 안정된 애착을 형성하기 위해서 부모의 사랑과 관심, 그리고 스킨십이 필수적이라고 할 수 있습니다.

자식이 아플 때 쓰다듬고 어루만져 주면 아픔이 멎게 됩니다. 일예로 옛날에 배가 아프면 "배야~ 배야~ 얼른 나아라." 하면서 엄마가 자녀의 배를 쓸어 주었습니다. 약의 효과보다도 엄마가 배를 쓸어주면 왜 아픔이 사라졌을까요? 배를 쓸어 줄때의 엄마의 온화한 미소, 다정한 목소리가 공감이 되서 감정의 뇌인 감정 중추 신경에 스며들어 엔도르핀과 같은 진통 호르몬을 분비시켜 고통을 줄여 주게 되는 것입니다. 이것이 바로 '엄마 손이 약손'인 까닭입니다.

그런데 말입니다. 자녀들이 실제 가장 두려워하는 것은 부모에게 사랑받지 못하고 버림받는 것이라고 할 수 있습니다. 부모자녀간에 애착관계를 형성 한다는 의미는 자녀의 삶에 기반을 형성해 주는 것이고, 그 자녀가 삶을 살아갈 기본적인 신뢰관계의 형성을 의미하는 것입니다.

만약에 기반이 부실하다면 어떻게 될까요? 그 위에 어떤 노력이나 환경, 또는 훌륭한 교육이 자녀에게 주어진다고 해도 블랙 홈처럼 소멸해 버리게 될 것입니다.

우리 부모는 항상 최선을 다하여 자녀를 위해서 무엇인가를 합니다. 그렇지만 곰곰이 생각해 보면 자녀입장에서 하는 것이 아니라 부모입장에서 하는 것이 아닌가? 생각해 봐야 할 때입니다.

취업이나 성공을 위해 엄청나게 자녀가 공부를 하는데 비해 인생의 행복에서 가장 중요한 가정과 결혼에 대해서는 공부하지 않았던 것 같습니다. 자녀를 어떻게 키워야 하는지에 대해 공부하지 않은 것이겠지요. 더 아이러니 한 것은 자녀교육에 대해 모르면서 전문가 행세를 때로는 한다는 것입니다.

"선무당이 사람 잡는다."라는 말이 있듯이 자녀교육에 대해 어렴 품이 알고 있는 것이 오히려 자녀교육에 해가 될 수도 있습니다. 따라서 예비 부모교육은 부모와 사회, 국가가 함께 '부모'라는 새로운 인식을 만들어 나가야 하는데 노력을 해야 할 것입니다. 특히 10대를 포함한 자녀교육, 즉 예비 부모교육이 이제는 제대로 이루어진다면 다음세대를 이끌어 가는 아이는 보다 더 탄탄하게 성장하게 될 것입니다.

Part 3

교육자로서 부부의 반성

- 누구를 위하여 교육을 했던가
- 아이들의 마음을 읽어 주었는가
- 경험주의 교육이었던가
- 부모와 교사는 좋은 사이다

누구를 위하여 교육을 했던가

30여 년 전 교육을 시작 할 때 의욕과 열정이 가득 찬 우리 부부는 '무엇을' '어떻게' 아이들을 가르칠 것인가? 하며 매일 같이 고민이었던 것 같았습니다.

돌이켜 생각해 보면 교육이라는 것이 어쩌면 '보태기 교육'이 아니라 '빼내기 교육'인 것을 모른 채 교육적 열정만 가지고 설익은 생각으로 아이들에게 지식만 채워 주면 최고인지 알고 잘 가르쳤노라고 자기만족 속에 빠져 살기도 한 것 같습니다.

또한 우리 부부는 개성이 각기 다른 다양성을 지닌 아이들을 바라 볼 때마다 무지개를 떠올리면서 하루하루가 새로운 출발선이었습니다. 우리는 아이들의 꿈과 희망을 함께 찾아보았고, 아이들의 다양성을 존중하면서 교육생활을 했다고 자부했지만 그럼에도 아픈 손가락 같은 아이들을 제대로 잘 살폈을까? 하는 질문을 스스로에게 던지면서 자신 있게 말하지는 못했던 것 같습니다.

'정글'에서 교과서 중심의 내용을 열정적으로 가르친다고 성실

함을 보였던 것 같고, 교육받는 아이들은 누구나 알아야 하는 가치와 기본적인 학문에 내재되어 있는 지식을 강조하다보니 전인적인 인간교육을 소홀히 하지 않았나 싶기도 합니다.

우리는 아이들이 "이번 문제의 답은 무엇 이예요?"라고 물을 때 정확한 답만을 요구하지 않았을까 하는 반성도 하게 됩니다. 동시에 점수에 연연하여 뭐든지 확실해야 된다고 생각했던 것 같기도 합니다.

그러다 보니 누구나가 인정하는 정확한 정답만을 위하여 선생님뿐만 아니라 많은 아이들도 마찬가지로 정답에 대해 집착했던 세월을 보내지는 않았을까 하는 아쉬움도 남습니다.

아이들을 가르칠 때 불확실성도 받아들이고 무지함도 받아들이고 정답 없는 질문에 대해서도 호기심을 느끼도록 가르쳤으면 좋았을 텐데 말입니다.

역사적으로 과학이 가장 큰 장점은 모르는 것을 기꺼이 인정해준다는 것입니다. 과학처럼 아이들에게 줄 수 있는 가장 근본적인 능력인 '몰라도 인정해 주는 것', '반드시 답을 찾아내지 못해도 괜찮다는 것'을 가르쳐 주었으면 더욱 어깨가 무겁지는 않았을 텐데요. "선생님! 나는 잘 모르겠어요."라고 말할 수 있는 용기, 그 용기 역시 하나의 능력인데 그것을 심어주었으면 하는 생각이 뒤 늦게 들어 후회할 뿐입니다.

"다르게 생각하라."

스티븐 잡스의 말은 아직도 많은 사람들을 침묵하게 하는 말이었습니다. 현실에 안주하지 말고 새로운 방식으로 새로운 것을 만나는 것, 전혀 예상하지 못했던 것을 만들어 세상을 놀라게 하는 힘이 있기에 아직도 그를 잊지 못하는 이유일 것입니다.

"이제는 학교라는 정글의 법칙도 변화해야 하지 않을까요?" 아이들은 어려서부터 정해진 틀 안에서 남들과 경쟁하는 법만 배우고 삶을 즐기는 법을 배우지 못한 것 같습니다.

또한 다른 사람을 진심으로 존중하는 방법 또한 배우지 않았던 것 같습니다. 스스로 생각해 내는 법, 점수화 할 수 없는 자신의 능력을 발휘하는 것 등을 어려서부터 가르쳐주고 키워 주었다면 정말 좋았을 텐데 말입니다.

지금 우리는 사이버 전쟁 시대에 살고 있다는 사실은 누구나 다 알고 있습니다. 약소국은 초 강대국가와 겨루어 싸울 수도 있고, 세계를 순식간에 불안정속으로 몰아넣을 수 있는 시대라는 것입니다. 미국과 이라크와 싸울 때를 예로 들어 보겠습니다.

이라크는 전쟁에서 큰 피해를 입었지만 미국은 단 하나의 폭탄 피해조차 없었다고 합니다. 하지만 앞으로 미래는 단 한명의 사람이 악성 소프트웨어를 작동하여 캘리포니아를 정전시킬 수 있고, 텍사스 정유공장도 폭파 할 수도 있으며, 열차 간 충돌을 일으킬 수 있는 세상이 왔다는 것입니다.

이런 맥락에서 본다면 상상을 초월하는 세상이 다가왔는데 정글 속 우리의 모습은 언제부터인가 제자리였지 않았을까 생각이 됩니다. 이제는 시대에 부흥할 수 있는 정글의 법칙도 변화해야 하고, 정글을 바라보는 사회적인 시선의 법칙도 동시에 변해야 반성의 길을 다시 걷지 않을 것 같습니다.

교육 인생의 철학을 충분히 논할 수 있는 두 단어가 있다고 생각합니다. 그것은 '재미'와 '평가'인 것 같습니다. 재미와 평가는 떼어 놓을 수 없는 불가분의 관계라고 생각합니다. 재미있게 가르치려면 평가가 없어야 더 재미있을 것이고요. 평가를 강조하려면 당연히 아이들은 재미없을 테니까요.

그럼에도 '재미있게 가르치려면 어떻게 해야 하나요?'라는 질문을 맞이한다면 우리 부부는 늘 수다를 떨듯이 이러한 제안을 생각해 내곤 합니다. 문제의 해답은 바로 알려 주기보다는 아이가 스스로 깨우칠 수 있도록 도와주어야 하고 아이가 어느 정도 학습 목표에 도달 되었는가도 살펴봐야 할 것 같습니다.

또한 아이들이 가지고 있는 경험들을 학습에 결부시킬 수도 있도록 인정하고 격려해주어야 할 뿐만 아니라 흥미를 최대한 자극하여 문제해결 과정에서 아이가 '재미'를 느끼게 해야 한다고 생각합니다. 나아가 토론 활동을 통해 모든 아이가 적극 참여할 수 있게 해야 하는 등을 제안했을 테니까요.

그런데 그동안은 이러한 모든 과정이 결국 대학을 잘 가기 위해 서열을 매기는 수단이여야만 했고, 아이들 토론은 교육적 목적을 지녀야만 하는 대화의 과정이어야 했던 것이 아쉬움으로 남습니다.

앞으로는 아이들이 세상살이에 궁금한 문제를 설정도 해 볼 수 있는 기회도 주어야 하고, 그 안에서 자유로운 의사표현과 진정한 토론이 이루어지면 정말 좋을 텐데 말입니다.

실은 불가능한 일만도 아니라고 생각합니다. 먼저 기업에서는 점수화 된 능력만으로 인재를 뽑지 않는다면 가능할 것이고, 대학도 배움에 필요성만 느끼는 아이만 들어간다면 불가능하지 않다는 것이겠지요. 그럼 자연스럽게 정글의 변화는 일어날 것이고 아이들의 행복한 웃음은 다시 되찾을 수 있지 않겠습니까?

끝으로 우리 부부가 '누구를 위해 교육했던가?'라는 물음에 답은 그래도 아이들이었구나 하고 확인할 수 있었습니다. 진정한 교사는 '성실'에서 온다고 생각합니다. 성실의 근본은 자기의 지혜와 능력을 다하고 책임감을 갖고 아이들을 위해 열심히 실천하는 사람을 말한 것이겠죠. '성실'이라는 선물을 가지고 아이들과 함께 교육을 아낌없이 실천할 수 있는 것만으로도 우리 부부에겐 영원한 축복입니다.

아이들의 마음을 읽어 주었는가

우리 부부는 '아이들의 마음을 읽어주면서 진정으로 교육을 했는가?'의 물음에 심증은 그렇다고 말하고 싶지만 물증이 없기에 의기소침해 지게 되는 것 같습니다.

왜냐하면 요즘은 아이들의 교육사진이나 교육활동 영상물들로 교육에 관한 증거물을 남겨 놓는데 반해 예전 우리 부부가 교사생활을 할 때는 그저 마음으로 읽어주고 마음으로 발자취만 남겨 놓은 격이지 않았나 생각이 듭니다.

우리 부부는 아이들을 좋아할 뿐만 아니라 아이들과 함께 인간미 넘쳐흐르는 교육을 동경해서 그런지 늘 출근길이 즐거웠습니다. 우리 부부가 생각한 정글은 아이들에게 있어서 매일이 생일날이었으면 좋겠고, 또 매일이 산타할아버지가 찾아오시는 동심속의 나날로 보내게 하고 싶었습니다.

동시에 아이들은 어른들에게 진정으로 사랑을 받아봐야지 사랑을 줄 수 있는 사람으로 자라난다는 생각이 같은 우리 부부는 아이들에게 사랑을 아낌없이 쏟아 부었던 것 같습니다.

그러는 가운데 가끔은 교사로서 긍지와 자부심, 사명감을 잃어버리지 않았는지, 아이들 마음을 헤아려 줄 때 놓친 아이들을 살펴봤는지 못 봤는지에 대해 지난 일들을 돌이켜 생각해 보게 됩니다. 또 무조건적인 사랑이 아닌 '잘하면 뭐해 줄 거야!'라는 식의 조건이 붙은 사랑이었는지 생각해 보게 되네요. 아이들을 위해 교육연구 한답시고 허송세월을 보내지 않았을까? 아니면 이것저것 아이들을 위해 계획만 세워놓고 실천이 이루어졌는지에 대해서도 생각해 봅니다.

무엇보다도 중요한 것은 아이들을 존중했는가? 아이들을 대할 때 인간주의적이었는지, 아이들의 눈높이에 맞춰 대해 줬는지 되새겨 보기도 합니다. 그러면서 아이들과 공감대는 잘 형성이 되었는지? 혹여나 사무적으로 대해 상처받지 않았는지에 대해 추억을 더듬어 올라가 봅니다.

더 나아가 직업 가운데 교직자라고 불릴 성질의 교사가 있고, 직업인에 지나지 않은 교사도 있을 것입니다. 우리 부부는 교사의 윤리성을 강조한 교사였는지, 전문직으로서 봉사하는 마음으로 살았던 교사였는지, 아이들의 개성을 찾아내고 아이들의 감정과 태도에 관심을 가졌는지, 아이들의 마음을 잘 아니까 그 마음을 읽어 주었다고 착각하지는 않았는지 회고해 봅니다.

그래도 추억을 들여다보니 우리네 모습은 아이들을 긍정적으로 바라보려고 하고 아이들이 각각 그들 나름대로 독자성을 가진 아이들로 바라봤던 것 같습니다. 또 아이들의 생각이나 견해를 이해하려고 노력했고, 아이들의 감정이나 느낌을 존중하려고 애써봤습니다.

이렇듯 '추억은 아름답다'라는 말은 삶에 여유가 있을 때 생각나는 말인 것 같습니다. 우리 부부는 나이가 들어가면서 물질의 풍요보다 정신의 풍요로움 속에 여유가 생겨 지나온 나날동안 아이들과 함께 한 희로애락을 떠올려 보면서 스스로를 칭찬의 무게보다 채찍과 반성의 무게를 더 싣게 됩니다.

요즘처럼 정체도 모르는 바이러스로 인하여 전 세계가 폭풍우속에서 허우적거리고 있는데, 훗날 뒤돌아보면서 아름답다고 말할 수 있겠습니까?

이런 아픈 추억을 아름답다고 말 할 수 있는 사람은 아마도 오래전 그런 고통을 겪어 본 사람일 것입니다. 이러한 점으로 볼 때 오래된 전통적인 교사중심 교육은 이제는 통하지도 먹혀 들어가지도 않겠다고 우리 부부는 수다를 떨곤 합니다.

어느 날은 아이들이 접하게 될 교육내용이 어떤 방식으로든지 바꾸어야 한다는 점은 일치하지만 구체적으로 아이들 중심으로 어떻게 바꾸어야 할 것이냐에 대해서는 언제나 합의점을 찾아내지 못하고 수다를 마무리 할 때가 많았습니다.

바야흐로 계절은 변합니다. 작년 봄이 다음해의 봄으로 똑같이 찾아오지 않습니다. 무엇보다도 먼저 자신이 가르치고자 하는 아이들 하나하나의 특성을 파악하고 마음을 읽어 가는 데서부터 출발해야 건강한 교육의 종착역에 도착할 수 있을 것이라고 우리 부부는 생각합니다.

경험주의 교육이었던가

'어떤 남자가 좋은 남자고 어떤 여자는 나쁜 여자다.'라고 말한다는 건 그렇게 얘기해 준 사람이 개인의 경험에서 오는 관념일 수 있습니다. 듣는 사람의 입장에서는 경험이 다를 수 있기 때문에 어떤 남자가 나쁜 남자가 될 수 있고, 어떤 여자는 좋은 여자도 될 수 있다는 것입니다. 이렇게 개인이 지니고 있는 관념은 저마다의 경험에 의해 달라질 수 있습니다.

우리 부부는 아이들에게 경험이 지식을 능가할 수 없다며 경험의 중요성을 알려주면서 직접 뼈저리게 경험하고, 부딪혀 보고 배워야 진정한 배움이라는 이야기를 단골로 말 했던 것 같습니다.

그렇지만 너무나 아이들에게 필요한 말인 경험의 중요성을 아이들은 귀 담아 듣지 않고 한귀로 듣고 한 귀로 흘리는 듯 했습니다. 우리네가 조금만 아이 입장에서 경험의 필요성을 쉽게 설명해 주었다면 보다 더 가치 있게 받아드렸을 텐데 말입니다.

그랬다면 아이들은 음식 고르는 것조차도 하나하나 꼼꼼히 건강을 생각했을 것이고, 영화를 선택하는 것도 아이의 눈높이에 맞는 영화를 선정했을 텐데 말입니다. 또 넓은 세상을 경험하기 위해서 여행을 계획하고 실행할 수도 있었을 텐데요. 처음에는 힘들겠지만 여러모로 안목이 넓혀지고 자신에 대해 이해할 수 있는 기회를 갖으면서 과감하게 많은 것을 경험을 했을 것인데 말입니다. 그럼에도 긴 세월동안 우리 부부는 아이들과 있으면서 뜻 없이 지나간 건 없었던 것 같습니다.

우리 부부는 아이들에게 다양한 '경험'을 제공해야 한다는 의미는 아마도 이론적인 교육보다 아이의 생활 안에서의 '경험'을 강조하고, 그 안에서 성장할 수 있도록 돕는 것을 말하는 것입니다. 아이에게 있어 교과활동도 중요하지만 그에 못지않게 과외의 경험과 활동도 중요시 하게 여기면 건전한 사회인으로 육성하는데 더 많은 도움을 줄 수 있을 테니까요.

그러기 위해서는 정글에서 아이들이 중심이 되어야 하고 사회의 급격한 변화에 적응하는 사람으로 육성하는데 있어서도 애정을 쏟아야 한다는 것입니다. 그러면 아이들이 스스로 문제 해결력이 함양되면서 성장해 나아갈 것이고, 정글은 그야말로 전인교육의 장으로 이어질 수 있다는 기대에 어김없이 수다를 떨어보곤 합니다.

이때 부모도 '공부안하고 놀기만 하네!'라는 시선에서 벗어나 '경험이 곧 훌륭한 배움이지!'라는 긍정적 시선으로 바라봐 준다면 아이들은 눈치 보지 않고 본연의 타고 난 개성을 살려 다양한 경험을 하게 될 것입니다.

국가대표 출신 이청용 축구선수는 누구나 다 아는 훌륭한 선수입니다. 그는 중학교를 중퇴했지만 2009년 주목할 만한 유망주로 더 타임즈에 선정되었습니다. 그는 풍부한 프로 경험과 적극적인 공격 축구, 철저한 훈련 분석과 피드백, 그리고 긍정적인 생각과 센스 있는 축구로 온 세상 사람들의 마음을 사로잡았습니다. 이청용 선수의 배짱과 자신감은 많은 경험에서 왔기에 사람들로부터 인정받는 성공요인이 되었다는 것입니다.

결국 정글에서 가르친다고 하면서 무조건 자동적으로 학습이 이루어지게 하는 것은 이제 아닌 듯합니다. 정글이라는 곳은 아이들 편에서 아이들의 잠재력을 살려 경험시켜 주어야 이청용 선수의 사례처럼 배짱과 자신감을 기르지 않겠습니까?

이제 우리 어른들이 오늘의 교육만을 급급해 하지 말고 바뀔 세상을 대비해서 어떻게 하면 다양한 경험을 쌓아 건전한 사회인으로 잘 적응할 수 있는지에 대하여 초점을 맞추어 나가야 한다고 우리 부부는 생각이 듭니다.

부모와 교사는 좋은 사이다

고래는 물론 새우도 춤추게 했던 '감사'라는 두 글자는 우리 부부에게 잊지 못하는 소중한 글자입니다. 부모와 교사는 좋은 사이여야 누가 행복하냐면 아이들이 행복한 것입니다. 부모와 교사는 아마도 꽃과 나비, 벌과 같은 공생관계가 아닐까 생각합니다.

때로는 부모와 교사는 아이들에게 비전을 설정해 주는 '좋은 사이'여야 합니다. 여기서 말하는 비전은 아이에게 바뀌어 가는 미래를 자연스럽게 수용할 수 있도록 도와주고 미래의 전망에 대해 이야기를 나누어야 합니다.

또한 아이 스스로 앞을 내다보는 안목을 부모와 교사가 함께 길러주어야 한다는 것을 의미합니다. 장기적으로 볼 때 아이들이 지향하는 가치관과 삶의 방향을 설정해 주는 것을 의미한다고 할 수 있겠습니다.

이러한 것을 설정하기 위해서는 아이들 마음속에 미래에 대한 구체적이고 분명한 그림을 그릴 수 있도록 해주어야 합니다. 가장 바람직한 미래의 모습을 부모와 교사가 함께 그려봐 주는 것이라든지 아이에게 있어 가장 가능성 있는 꿈을 꾸게 하여 청사진을 제시해 주어야 합니다. 그리고 교사와 부모가 이러한 미래의 비전을 수립하기 위한 비전 설정도 함께 풀어가 주어야 된다는 것입니다.

우선 아이와 함께 비전을 가진 사람들의 사례와 특징을 분석하는 것도 좋은 방법일 수 있습니다. 일예로 반기문 UN 사무총장은 유복한 어린 시절을 보냈지만 아버지의 부도로 경제적인 어려움을 겪었다고 합니다.

그런 와중에도 열심히 영어를 배운 그에게 성공적인 핵심 요인은 바로 끈기 있는 노력과 열정, 모든 일에 최선을 다하는 삶이었습니다. 또한 그는 인류 평화를 어릴 적부터 추구하였으며 책을 통해 견문을 넓혔고, 외국어 실력을 쌓으면서 자기만의 능력을 길러낸 것입니다.

또 한사람으로 닉 부이치치의 예를 들어보겠습니다. 그는 사지 없는 장애아로 태어나 왼쪽 두 발가락으로 글을 쓰고, 컴퓨터 타자를 치면서 꿈을 기른 사람입니다. 그는 학교에서 왕따로 우울증을 겪었고 험악한 삶을 살았습니다.

사람들은 그가 성공한 비결은 매사에 긍정적으로 생각하는 힘과 뚜렷한 목표를 세워 열심히 실천하는 것이었습니다. 그는 또 자신의 가치를 인정하고, 실패에 도전하는 불굴의 정신을 길렀습니다.

성공의 미래를 늘 그려보고 언제나 부지런함을 보였다고 합니다.

이렇게 두 명의 위인을 살펴만 봐도 어렸을 때부터 뚜렷한 목표와 비전을 갖고 있었기 때문에 힘들어도 이겨냈고, 실패해도 다시 일어난 것처럼 우리 아이들도 꿈을 심어주고, 미래에 대한 비전을 세울 수 있도록 부모와 교사가 한마음, 한뜻이 되어서 노력해야 성공으로 이끌 수 있습니다.

그런데 반대로 부모와 교사가 불신이 생긴다면 어떤 일이 일어날까요? 아마 가장 피해자는 바로 아이라고 볼 수 있습니다. 그렇다면 부모와 교사의 불신은 어디서부터 오는 것일까요?

첫 번째는 과거에는 "스승의 그림자도 밟지 말라."는 말도 있었지만 지금은 전혀 무색한 말이 되어 버렸습니다. 이러한 원인은 예전에 비해 요즘 대부분 부모가 교사와 동등한 학력 또는 교사 이상의 학력 수준이 높다보니 여기에서 생겨나는 교사의 존경 수준이 평균 이하로 떨어져 있어 부모로부터 오는 괴리감이 원인일 수 있습니다.

둘째로 부모는 아이가 정글에서 문제가 발생하거나 기타 궁금한 내용이 있으면 먼저 교사에게 묻고 상담해야 하는데도 불구하고 옆집 언니에게 묻는 분위기가 대세라고 말들을 합니다. 때로는 인터넷 검색을 통하거나 지역카페를 통해 정보를 묻기도 한다고 합니다.

하지만 궁금증에 대한 정확한 정보도 있겠지만 대다수가 오류된 정보를 믿고, 마치 그 정보를 사실화하면서 큰 문제로 둔갑까지 하는 예도 뉴스에서 봤습니다. 이러한 분위기는 그만큼 교사에 대한 신뢰도의 부재에서 오는 결과이며 결코 아이들이나 부모, 또는 교사 모두에게 좋은 관계를 맺는데 있어서 역효과를 거둘 수 있습니다.

셋째로는 집집마다 한 아이, 즉 외동이 많기 때문에 요즘 부모는 자식에게 거는 기대 수준이 높고 모든 것을 자식에게 올인하는 경향이 지배적이다 보니 오히려 아이들은 멍들어 가고 있습니다. 왜냐 하면 부모의 기대 수준이 높은 만큼 아이는 부담감이 높아져 행복하지 않기 때문입니다.

이러한 문제를 해결하기 위해서는 부모와 교사가 거리감을 좁히고 신뢰감을 쌓는 것입니다. 신뢰감이 두터웠던 옛날을 생각하며 우리 부부는 부모님들과 함께 아이의 이야기를 꽃피우며 웃고 울었던 그 시절로 다시 돌아가고 싶어질 때도 있습니다.

돌이켜 보면 좋은 기억들은 진주가 되어 지금도 우리 부부의 마음속에서 빛나고 있고, 아픈 추억은 아름다운 보석이 되어 내공으로 쌓였습니다.

사람들은 이상하게도 섭섭했던 일과 쉽게 내뱉어 상처받은 말은 잘 잊혀지지 않는데 고마운 일은 슬그머니 잊혀지곤 합니다. 하지만 도움 받고 고마운 일만 생각하고 산다면 앞으로 부모와 교사는 좋은 사이로 신뢰가 지금보다 더 많이 쌓일 것입니다.

우리 먼저 나를 낮추고, 남을 무너뜨리지 않는 겸손으로 대하며 듣는 스타일로 바꾸어 보면 어떻겠습니까? 상대방의 의견에 수용적 태도를 가지며 타인에 대한 배려심을 발휘하고 가식이 없고 거만하지 않아야 하며, 인간 친화적으로 신뢰를 쌓도록 노력하면 참으로 좋을 텐데 말입니다.

그러다 보면 좋은 일만 간직할 수 있어 아마도 교사나 부모의 삶도 훨씬 아름다울 것입니다. 왜 아름다우냐면 고마운 일만 기억하고 살기에도 짧은 인생이기 때문입니다.

Part 4

미래 아이들을 위한 우리 부부의 교육 제안

- 인정해 주자
- 유능한 존재로 바라봐 주자
- 자연인처럼 놔 주자
- 지켜봐주고 기다려 주자
- 경청해 주자

인정해 주자

부모가 아이들에 대한 관심과 간섭을 간혹 헷갈려 할 때가 있습니다. 어떠한 것이 따뜻한 관심인지 아니면 지나친 간섭인지의 기준이 모호해 어려움을 겪고 있는 것도 사실입니다. 이러한 가운데에서도 아이는 부모에게 인정받고 싶어 합니다. 인정받기 위해 아이는 성장해 나가는 과정에서 인정욕구를 불태우게 되는 것이지요.

아이들은 부모에게 인정받고 싶은 욕구를 갖고 있습니다. "너는 왜 그 모양이니?"라고 말하면 아이는 그 모양으로 커서 자라납니다. "왜 이렇게 말썽꾸러기냐?"라고 말하면 아이는 내가 말썽꾸러기 인가보다 생각하고 인정하게 됩니다.

아이들은 인정받고자 하는 욕구가 있기 때문에 부모가 원하는 사람으로 인정받으려고 합니다. 그렇다면 반면에 "넌 훌륭해!"라고 부모가 말하면 인정받기 위해 훌륭한 사람으로 자라려고 아이는 노력합니다. "넌 재능이 많아!"라고 말하면 아이는 욕구를 불태워 재능 있는 아이가 되고자하는 것입니다.

그런데 아이들은 부모에게 인정받고 싶은 욕구로 인해 내면에서의 즐거움, 희열, 충족감을 찾아내야 하는데 외부로부터 충족감을 찾아 욕구를 채우는 것에 길들여 진 듯합니다. 다시 말해 내면에서의 즐거운 감정을 찾아내야 하는데 외부로부터 충족감을 찾아 욕구를 채우려다보니 내면에서 느껴야 할 충족감은 찾으려고도 하지 않습니다.

예를 들어 어린아이가 부모에게 장난감을 사달라고 조른다고 합시다. 졸랐기 때문에 아이는 장난감을 쟁취 했지만 충족감은 잠시뿐 새로운 장난감을 쟁취하고 싶은 욕구를 또 다시 일으키게 됩니다. 아이의 장난감 욕구는 절대 채워지지 않을 것입니다. 왜냐하면 우리 부모는 장난감을 사주는 것이 아이의 욕구를 채워주는 것이라고 생각하지만 아이의 욕구 충족은 부모와 함께 놀아주면서 느끼는 즐거운 감정에서 채워주어야지 진정한 욕구가 충족되는 것이기 때문입니다.

한편으로 근래에 생각이 없어 보이는 아이들이 종종 눈에 띕니다. 굳이 생각을 안 해도 부모가 대신해 줄 것이라고 생각을 하나봅니다. 이런 아이들에게 어떻게 자아 정체성을 심어 줄 수 있을까요? 아이들은 자신의 삶을 성찰 할 틈도 타고난 능력도 가져보지 못한 채로 어른으로 성장한다면 얼마나 슬픈 일이겠습니까? "할 수 없이 하는 거야!" "엄마가 하라고 해서 하는 거야!"라는 생각을 지배적으로 하고 산다면 얼마나 불행 하겠습니까? 점수로 아이들의 가치가 매겨지게 된다면 이 또한 안타까운 일이겠습니까? 이러한 환경 속에 자란 아이는 자신이 능동적으로 움직이는 존재임도 모른 채 성인으로 자란다면 정말 서글픈 일이 아닌가요? 그만큼 부모의 역할이 아이들에게 어떻게 미치는가에 따라 아이는 크게 성장 할 수도 있고 작게 성장할 수도 있습니다.

독립심과 자율성을 얻고자 노력하는 아이들을 부모가 인정해 주지 않으면 아이들은 실패를 경험하고 그로인해 지나친 수치감과 좌절을 경험하게 됩니다. 또 가족 모두가 다양한 활동에 참여하여 호기심 있는 질문을 부모에게 던진다면 아이는 그 질문에 대하여 인정해 주기를 바라는 동시에 부모의 충실한 대답을 듣고 싶어 합니다. 이때 아이들은 부모로부터 인정받은 기쁨에 성취감과 주도성이 길러집니다.

또한 아이들의 활동을 부모가 제한하고 구속하여 생활에 억압적인 태도를 취하게 되면 아이들은 죄의식이 형성됩니다. 나아가 이웃과 사회에서 다양한 사회적 기술을 습득하는 과정에서 칭찬과 인정을 받으면 근면하고 지적 · 사회적 능력이 발달 되지만 아이의 일에 매사에 비판만하고 인정을 하지 않는다면 아이는 열등감과 무능감이 발달하게 됩니다.

부모의 역할은요. 가장 어려운 일이자 가장 보람된 일이라고 할 수 있습니다. 또 부모가 된다는 것은 무거운 책임이자 빛나는 명예이기도 한 것 같습니다. 그러다 보니 부모 입장에서 볼 때 자녀에 관한 공부가 가장 가치 있는 공부라고 할 수 있습니다. 왜냐하면 아이들의 행복은 가정에서 출발하기 때문입니다. 아무리 밖에서 성공하고 명예와 권력을 얻는다 해도 가정에서 인정받지 못하고 가정이 불행하다면 그것은 모래위에 지은 집과 같다고 볼 수 있습니다.

때로는 부모의 생각대로 아이도 그대로 생각을 굳힐 때가 있습니다. 우리네 부모는 아이들을 볼 때 두 가지 관점에서 바라보고 인정해 주어야 한다고 생각합니다. 입장의 차이, 생각의 차이는 곧 다름의 차이이므로 그 차이를 알 수 있도록 해야 합니다. 다른 사람의 행동이나 혹은 다른 사람이 살아가는 생활방식이 자신의 마음에 맞지 않을 수도 있다고 인정해야 하고, 그 다름을 받아 들여야 합니다. 주어진 상황마다 나와 타인이 입장이 다를 수 있다는 것도 인지하고 생각도 다름을 알아차려 타인의 생각을 존중하고 인정해 주어야 합니다. 나와 타인과의 생각의 차이를 3가지 예로 들어보겠습니다.

생각차이 인정 1

펑펑 흰 눈이 내리는 상황을 보고 각자의 입장에서 생각하는 차이는 이렇게 다를 수 있습니다.

아이들 : 야! 신난다. 오후에 친구들이랑 눈사람을 만들어야지.

학부모 : 대설주의보라는데 좀 일찍 서둘러야지. 엄마가 아침에 태워다 줄게.

교 사 : 안전하게 잘 왔구나. 정말 씩씩하구나!

영양사 : 오늘 눈길 때문에 급식재료 수급은 잘 될지 걱정이네.

생각차이 인정 2

남자와 여자의 차이는 생득적으로 이렇게 다릅니다.

남 자 : 머릿속에 있는 것은 돈, 자동차, 게임, 여자친구

여 자 : 머릿속은 있는 것은 핸드백, 구두, 옷, 화장품, 남자친구

남 자 : 하나만 집중이 가능하다. 예를 들어 TV에서 축구를 볼 때 엄마의 이야기는 귀에 들어오지 않는다.

여 자 : 멀티다. 여러 가지를 동시에 할 수 있다. 간식을 먹으면서 TV를 보며 전화통화를 하고 매니큐어까지 칠하는 것도 가능하다.

남 자: 친구와 눈을 마주 하지 않고 PC방 일렬 의자처럼 줄지어 앉아 얼굴 보지 않고 이야기 하는걸 선호한다.

여 자: 서로 얼굴을 마주하면서 옹기종기 모여 이야기 하는 것을 선호한다.

생각차이 인정 3

종이 한 장 차이는요. 자신감과 자만심의 차이로 볼 수 있습니다. 성공을 관리하는 것은 정말 힘겨운 고행일 수 있습니다. 왜냐하면 자신감과 자만 사이에 균형을 유지하기에는 상당히 어려운 일이기 때문입니다. 종종 사람들은 성공을 거두게 되면 자신감과 더불어 자만심에 빠지곤 합니다. 그리고 더 이상의 변화를 꺼리며 현실에 안주하고 싶어질 때도 있습니다. 그로인해 사람들은 세상의 변화를 외면하게 되면서 역행하게 됩니다.

우리는 주변에서 일어나는 다양한 차이를 알아차리고 이해해야 합니다. 특히 아이들 저마다의 생각 차이를 더도 덜도 어른 생각을 보태지 말고 그대로 인정해 주면 좋겠습니다. "우리 딸! 엄마는 너를 믿는다."라는 인정의 말 한마디는 아이의 미래를 바꿀 수 있는 힘이 될 수 있습니다. 그만큼 부모는 위대합니다.

그런 위대한 부모의 힘을 보여주는 두 가지 길이 있습니다. 하나는 찍어 누르는 것이고 다른 하나는 끌어 올리는 것입니다. 우리 부모의 마음은 모두 끌어 올리는 쪽이라 생각합니다. 이러한 부모의 힘은 가정교육에서부터 출발하게 됩니다. 가정교육이 어떻게 이루어지냐에 따라 불행한 아이로 성장 할 수도 있고 행복한 아이들로 성장 할 수도 있습니다.

유능한 존재로 바라봐 주자

아이들은 태어난 순간부터 유능한 존재로 태어날 수밖에 없습니다. 왜냐하면 아이들은 사회라는 공동체 안에서 타인과 관계를 맺고 살아가는 존재이기 때문입니다. 살아가는 동안에 아이가 지니고 있는 잠재된 개인의 능력과 재능을 발휘하게 되는 것이지요. 그런데 우리네 어른들은 아이가 지니는 잠재적 능력을 쉽게 찾아내지도 못할뿐더러 가치를 크게 두고 있지 않는 것 아닌가? 생각이 들 때도 있습니다.

다시 말해 어른이 생각하지 못하는 아이들만의 잠재력이 아이 내면에 자리하고 있다고 인지해야 하는데 말입니다. 그런데 신기하게도 아이들만의 잠재력은 태어나면서부터 꾸준히 자라는 아이가 있는가하면 어느 순간 갑자기 발현되는 아이도 있습니다. 결국 개인차가 있다는 것이겠죠. 그러한 잠재력을 아이는 스스로 찾아내고 발현하는 순간 자신감이 생겨나 유능한 존재로 커 나가는 것입니다. 그로인해 새로운 것에 도전하기도하고 설령 실패 하더라도 다시 일어날 수 있는 유능한 존재가 바로 아이들입니다.

아이들은요. 매사에 스스로 문제 해결을 하기 위해 도전과 경험을 통해 배우고 타인에게 도움을 줄 수 있는 능력을 갖고 있습니다. 자신의 행동과 선택에 책임도 질 줄도 알고 자기 통제, 자기 훈련을 통해 감정을 잘 다스릴 수 있는 능력도 있습니다. 또한 의사소통, 협력, 절충, 공유, 공감 등 타인과의 대인관계 기술이 뛰어나며, 더 나아가 책임감과 도덕성까지 겸비한 유능한 존재라는 것입니다.

아이들 스스로 무엇이든지 해낼 수 있는 유능한 존재가 되는 데에 필요한 것들이 있습니다. 그것은 바로 '격려'와 '사랑'입니다.

15-16세기 르네상스를 대표하는 이탈리아의 예술가인 레오나르도 다빈치(Leonardo da Vinci)는 인류 역사상 가장 뛰어난 업적을 남긴 사람 가운데 한 사람입니다. 그것도 특정한 분야에서만이 아니라 여러 분야에서 고루 재능을 발휘했다는 점에서 팔방미인이요, 천재라고 할 수 있습니다.

하지만 이런 다빈치도 어렸을 때는 고아라는 이유로 주위 사람들에게 따돌림을 받는 소극적인 아이였습니다. 그는 집 밖에 나가는 것조차 싫어했고, 다른 사람들 앞에서 힘없는 아이였습니다.

그러나 그를 키웠던 할머니는 다빈치가 집을 나설 때마다 귀에다 대고 이렇게 속삭여주었다고 합니다. "너는 무엇이든지 할 수 있어! 할머니는 너를 믿는다." 할머니는 숨을 거두는 날까지 그 말을 하루도 거른 적이 없었다고 합니다.

우리 어른들의 격려와 사랑은 아이들에게 있어 삶에 대한 열정과 의욕을 키워주는 원동력이 될 수 있습니다. 그 어떤 극한 상황에 직면하더라도 그 상황을 제대로 파악하고 현명하게 판단할 수 있는 생각과 행동을 아이들은 갖게 됩니다.

결과적으로 아이들에게 새로운 세상을 선물로 줄 사람은 바로 어른입니다. 어른의 인식이 바꾸어야 선물의 가치가 창출됩니다. 우리네들은 자식들에게 이 세상을 다 줄 수 있을 것처럼 많은 것을 해주고 싶어 합니다.

실은 어른들이 해줄 수 있는 것은 바로 물질적인 것 이외에는 거의 없다고 보여 집니다. 정신적인 것은 자신의 유전자를 물려준 것만으로 끝났다고 생각하는 것입니다. 그런데도 집착 때문에 아이들에게 관심이라는 명분 아래에 간섭하게 됩니다. 이러한 간섭은 아이들에게는 부모의 조언보다 잔소리라는 평가를 받게 됩니다. 도에 넘는 어른의 간섭은 쓸데없는 집착을 증명하게 해 줍니다.

앞으로 다가올 시대는 너무나 빠르고 급변하게 변하고 있습니다. 지식만을 머릿속에 가득 담아 두어야 했던 과거와는 상황이 완전히 다르게 바뀌었습니다. 아이들이 일상에서 접하고 있는 학문이라는 것은 배우는 것이 아니라 만들어 내는 것입니다.

학문이 주는 힘으로 아이가 살아가야 하는 것이 아니라 아이의 필요에 따라 학문을 통해 얻어내는 방법을 가르쳐야 합니다. 그리고 무엇보다도 학문의 진실을 사랑해야 하는 동시에 나에게 유용함이 무엇인지 끊임없이 성찰하고 생각해 낼 수 있도록 해야 합니다.

이렇게 중요한 시대로 바뀌어 가고 있는 길목에서 우리네 부모는 하나하나 생각해 내는 힘을 지닌 아이들을 유능한 존재로 인식해 주어야 합니다.

부모가 아이들 누구나 가치를 인정해 준다면 자연스럽게 아이 자신은 가치를 더 인정받고 싶어 스스로 노력하게 될 것입니다. 미래 아이들을 위해 우리 어른들의 인식이 탈바꿈되어야 할 때입니다. 이제는 어른이 아이들 저마다 잠재력을 지니고 있는 유능한 존재임을 이해하며 아이들의 다양성을 인식해야 합니다.

아이들은 어른이 아는 것과 달리 생각하는 것, 좋아하는 것이 다릅니다. 누구는 의사가 되고 싶어 하는 아이가 있는 반면 어떤 아이는 의사가 사용하는 의료기에 관심이 있는 아이가 있습니다.

달리기 하면서 친구들과 세상을 배워가는 아이도 있지만 달리기 선수가 되고 싶은 아이도 있습니다. 무대 위에 주인공이 되고 싶은 아이도 있지만 나만의 무대를 직접 만들어보고 싶은 아이가 있습니다. 저렴한 집이라고 가치가 떨어지는 것이 아니듯이 아이들의 생각의 차이는 저마다 가치가 높다고 할 수 있습니다.

지금은 다중지능 시대입니다. IQ만이 답인 세상이 사라졌다고 볼 수 있습니다. 아이들의 타고난 개성과 감성과 지성, 천성이 발휘 될 수 있도록 다양한 아이들의 능력을 존중하고 인정해 주어야 할 때인 것입니다. 아이를 유능한 존재로 바라봐 준다면 아이의 잠재적 능력이 발휘되어서 그야말로 고속 성장할 것이라고 우리 부부는 생각합니다.

자연인처럼 놔주자

"딸아, 엄마가 어떤 말을 할 때 너는 제일 행복하니?"라고 물으니까 아이는 "용돈 줄까?"라고 말 할 때가 가장 행복하다고 합니다.

그리고 다시 딸아이에게 또 물었습니다. "그럼 엄마가 어떤 말을 할 때가 제일 싫으니?"라는 물으니까 아이는 "공부해서 남 주니!" "너 지금 뭐하는데!"라고 말 할 때가 가장 싫다고 합니다.

실은 아이들은 부모보다 좀 더 나은 삶을 살기 바라는 마음이 크기 때문에 뭐든지 다 해주고 싶은 마음이 큽니다. 한없이 주고 싶은 마음이 크기에 아이에 대한 간섭 또한 자연스럽게 수위도 높아지는 것 같습니다. 과유불급이라는 말이 있는데요. 지나치면 부족함보다 못 하다라는 옛말이 있습니다. 아이들에게 지나친 간섭이나 소유는 악의 원천이 될 수 있다는 것이겠지요.

아이들답게 산다는 건 어떤 것일까요? 아마도 아이가 좋아하는 것을 하면서 사는 것이거나 아이가 정말 잘하는 것을 하면서 살게 하는 게 행복한 삶이 아닐까 생각합니다.

아이답게 살려면 실은 아이도 용기가 필요할 것입니다. 아이답지 못한다는 건 아마도 부모가 원하는 대로 살고 있기 때문이 아닐까요? 그렇다면 아이는 남이 원하는 대로 왜 살려고 할까요? 그래야 편안하다는 생각을 갖고 있기 때문입니다. 아이답게 한번 못살고 부모가 원하는 대로 살다가 눈을 감으면 정말 서글픈 일 아니겠습니까?

결국 이러한 상황들은 부모가 감독이고 아이는 배우의 인생을 사는 것과 다를 바가 없습니다. 한번 밖의 없는 인생에 아이가 진짜 좋아하는 일과 잘하는 일을 하면서 살게 하는 게 행복한 삶이라 생각합니다.

행복과 불행을 결정하는 것은 실은 외부에서 일어나는 사건이나 환경 때문이 아닙니다. 우리 아이들의 내면에서 일어나는 환경에 달렸다고 해도 과언이 아닙니다.

예로부터 사람이 행복해 지는 것은 승진이나 성적, 그리고 합격과 복권 당첨 같은 것이라고 생각할 때가 있었습니다. 하지만 그것이 진정한 행복으로 찾아오지는 못했던 것 같습니다. 그렇다면 아이들의 행복은 어디에서 만들어져서 오는 것일까요?

오직 아이들의 몸에서 일어나는 유쾌한 감정들이 아이를 행복하게 만든다고 생각합니다. 그 이유는 우리를 행복하게 만드는 것은 목표 자체가 아니라 유쾌한 일을 경험하는 과정에서 나오기 때문입니다. 에베레스트 산 정상에 서는 것보다 그 산을 오르는 과정이 더 뿌듯하다는 것과 같은 맥락이겠죠. 이렇듯 아이들의 행복은 유쾌한 경험으로 오는 인생 유일의 목적이어야 한다고 생각합니다.

왜냐하면 아이들은 행복을 누릴 권리도 있으며 추구할 권리가 있기 때문입니다. 이러한 행복 추구는 실은 아이들 스스로의 노력에 달려 있다고 볼 수 있습니다.

그런데 행복해야만 하는 아이들이 요즘 행복하지 않다고 이구동성 말하고 있습니다. 우리나라 모든 아이들이 안정된 상태에서 가장 많이 교육을 받았는데 말입니다. 아이들이 행복하지 않다는 이유로 자살률이 전 세계에 1위인 것만 봐도 깜작 놀라지 않을 수 없습니다.

특히 청소년 자살률이 세계에서 가장 높다고 하니 얼마나 안타까운 현실이 아닐 수 없습니다. 부모라는 존재는 아이들에게 물질의 풍요와 정신의 풍요로운 삶을 누릴 수 있도록 해주었는데 말입니다. 과연 이것이 어른의 착각이고 생각의 오류였던가요? 아이가 바라는 건 아이의 가치와 존재감을 인정해 주는 것 이었던가요? 그렇다면 이제 어른이 무엇을 해야 하나요? 어디서 해법을 찾아야 할까요? 이제는 간단해 졌습니다. 아이를 진정으로 사랑한다면 어른이 온전히 마음을 비워야 하는 것입니다. 부모가 온전히 마음을 비우게 되면 아이들은 완전한 자유를 느끼기 보다는 오히려 완전한 자유는 존재하지 않는 것이라고 알게 될 테니까요. 그리고 아이는 자유에는 반드시 책임도 따른다는 것을 느끼게 될 것입니다. 자유라는 것은 아무런 저항이 없는 것이 자유가 아닙니다. 저항이 있기 때문에 자유가 존재하는 것입니다. 이제 부모는 아이를 믿고 스스로 해 볼 수 있는 자유로운 자유를 부여해 주는 것부터 시작해야 합니다.

세계 오지를 도보여행으로 견문을 스스로 넓힌 자연인 한비야라는 분이 있습니다. 한비야는 유복한 가정에서 태어났지만 중2때 아버지를 일찍 여위였습니다. 그는 돈보다 가치 있는 비전을 추구하고 싶어 홀로 자유를 찾아 여행을 다녔다고 합니다. 열정을 중요시 하는 그는 남과 비교하지 않는 삶을 살기를 원했다고 합니다.

여행하는 과정에서 그는 포기하지 않은 삶을 배워나갔고 가슴뛰는 일을 위해 사는 것이 가치 있는 삶이라는 것을 깨닫게 되었다고 합니다. 자유를 누릴 줄 아는 한비야는 자연인으로 돌아가 오지 여행을 다니면서 많은 것을 배우고 깨달았다고 합니다.

이제는 우리 아이들도 한비야처럼 자연인으로 돌아가 자유를 만끽할 수 있도록 도와야 할 것입니다. 모든 어른의 욕심은 던져 버리고 자유다운 자유를 부여해 줄 때입니다.

양계장 안에 촘촘히 서 있는 닭이 난 알을 먹고 싶으십니까? 아니면 자연방목 상태로 놔 주어 자유로이 움직이는 닭이 낳은 알을 먹고 싶으십니까? 아마도 우리는 자연 방목 상태의 닭이 낳은 알을 선호하면서 먹을 것입니다.

이러한 이치처럼 이제는 우리 아이들도 그같이 자연인처럼 놔둬 봅시다. 양계장 안에서 자란 닭보다 자연방목으로 자란 닭이 건강하듯이 우리 아이들도 그처럼 놔두면 아이들 스스로 잘 클 것입니다. 그래야 몸과 마음이 건강한 성인으로 자랄 수 있다고 우리 부부는 생각을 합니다.

지켜보고 기다려주자

우리나라 가장들이 늘 하는 말은 '바쁘다'입니다. 가장들이 바쁜 이유는 무엇일까요? '가족들이 행복하게 살 수 있도록 밖에 나가서 열심히 돈을 벌어야 한다.'라는 것입니다. 그러나 그 말에 감동을 받는 가족들은 아무도 없습니다.

19세기 미국 역사에 그 이름을 빛낸 외교관 찰스 아담스는 매일 일기를 썼습니다. 그는 어느 날 일기장에 이렇게 기록했습니다. "오늘은 아들과 함께 낚시를 다녀왔다. 하루를 낭비해 버리고 말았다."

그의 아들도 어려서부터 일기를 썼습니다. 그는 미국의 유명한 역사가 부르크 아담스였습니다. 아직도 남아 있는 그의 일기장에는 똑같은 날짜에 이렇게 기록되어 있었습니다. "오늘은 아빠와 함께 낚시를 다녀왔다. 나의 일생에 가장 기쁜 날이었다."

또 하나의 예를 들자면 모든 이의 심금을 울린 수단의 슈바이처 이셨던 고(故) 이태석 신부도 이렇게 말했습니다. 아이들에게 가장 중요한 것은 '같이 있어 주는 것'이라고요.

만약에 아빠가 아이를 사랑한다면 좀 더 많은 돈을 벌어 아이의 공부를 뒷바라지하고 결혼시킬 때 좋은 집을 사주기보다는 어렵고 힘들게 낸 시간을 아이를 위해 사용해야 한다고 그는 말했습니다.

엄마 역시 아이를 위해 사랑한다면 혹독하게 훈련시켜 영재를 만들고 나중에 이 사회에서 훌륭한 인물 되기를 바라는 것이 먼저가 아니라 한 번 더 눈 맞추고 더 안아주고 한 번 더 사랑을 속삭여 주어야 한다고 생전에 말했습니다.

가장 중요한 것은 진심으로 '함께 있어 주는 마음'임을 보여주셨습니다. 특히 신부는 굶주리고 아파하는 많은 아이들을 위해 옆에서 지켜봐 주고 아이가 병이 나을 동안 기다려 주신 분이셨습니다.

아이들이라는 존재는 가소성이 있는 참으로 신기한 존재 입니다. 어른이 어떻게 대하냐에 따라 더 아프기도 하고 빨리 낫기도 합니다. 어떠한 환경에 처해 있느냐에 따라서도 좋은 방향으로 변할 수도 있고 나쁜 방향으로 변할 수도 있습니다.

또 자율과 타율의 의해서도 아이들은 가소성이 있습니다. 자율성이 있는 아이는 스스로 자신을 통제 하거나 절제할 수 있는 아이로 자라납니다. 반면에 타율적인 아이는 자신의 의지와 관계없이 타인에 의해 자라나는 경향이 짙습니다.

이렇게 가소성을 지닌 아이에게 부모는 먼저 어떤 사람이 되고 싶은지 진지하게 물어봐 줘야 합니다. 또 그 사람이 되기 위해서 첫 번째로 해야 할 일이 무엇인지 함께 찾아 주어야 합니다. 그런 다음에 부모의 역할은 묵묵히 지켜보고 기다려 주는 것이라고 우리 부부는 생각합니다.

빌게이츠는 젊을 때 꿈은 개인용 컴퓨터를 전 세계 가정에 보급하여 컴퓨터 업계의 제왕이 되겠다는 것이었습니다. 그러면서 전 세계를 미래의 무한 속도의 경쟁 시대로 이끌겠다고 다짐했다는 것입니다. 아무도 믿어주지 않았지만 그냥 내버려 두는 것이 도와주는 것 이였기에 그 꿈이 실현될 수 있는 과정을 가족이 지켜보고 기다려 주었더니 꿈이 이루어졌다고 합니다.

아이들의 눈에서 바라볼 때 인생이라는 것은 꿈을 싣고 먼 바다의 항해 길에 오르는 것과 마찬가지 일인 것입니다. 항해 길에 승선하기에 앞서 자신을 올바르게 이해하고, 자신이 어떤 사람인지 무엇을 좋아하는지 분석할 수 있는 힘을 길러야 합니다. 또한 먼 바다에서 펼쳐질 판타지의 세계를 겸허히 수용 할 수 있는 능력과 자생할 수 있는 기초적인의 힘을 갖추고 출발점에 서라고 이야기해 주고 싶습니다.

자기 자신을 안다는 것은 곧 '나는 누구인가?'에 관한 나의 신념을 확인해 가는 과정입니다. 그러기 위해서는 가깝게 있는 친구나 가족에게 먼저 물어볼 수 있는 환경도 제공해야 합니다.

"친구야, 네가 보는 나는 어떻게 보이니? 하고 자신의 장단점을 물어보고 스스로 자기를 분석할 수 있는 힘을 길러내야 합니다. 이러한 과정을 통해 아이들은 자신의 신체적, 생리적인 조건을 있는 그대로 받아들이고 인정하고 자신을 책임지는 것에 눈을 뜨게 됩니다.

또한 자연스럽게 다른 아이들에게 자신의 생각을 있는 그대로의 느낌을 솔직하게 나타내는 것에도 익숙해집니다. 이때 우리 부모는 아이들에게는 마음의 '여유'를 찾으면서 할 수 있도록 격려해 주어야 합니다.

여유란, 실은 아이들에게 쉴 틈인 것입니다. 쉴 틈도 주어야 아이는 여유를 찾을 수 있는 것이겠죠. '틈'하니까 제주도의 돌담이 생각이 나는데요. 가만히 돌담 사이의 '틈'을 들여다보면 정말 신기하기까지 합니다. 돌담과 돌담 사이에 틈은 온갖 비바람과 무서운 태풍이 몰려와도 돌담을 지켜내고 무너지지 않게 버팀목이 되어 준다고 합니다. 삶의 여유는 곧 인생의 버팀목도 되고 유연제도 될 수 있다는 것을 말합니다.

반대로 틈이 있는 돌담보다도 틈이 없이 촘촘히 쌓인 돌담이 비바람에 의해서 훨씬 쉽게 무너질 수 있다고 합니다. 이런 돌담의 이야기를 듣고 있자니 결국 빼곡히 쌓아올린 담장보다 숨 쉴 틈이 있는 돌담이 훨씬 강하게 자기를 지켜내며 쉽게 무너지지 않을 것입니다.

자연의 이치와 같이 우리 아이들도 폭풍이 몰아쳐도 헤쳐 나올 수 있는 강건함과 삶의 여유와 쉴 틈을 겸비하여 자기만의 인생을 디자인 할 수 있도록 지켜봐 주고 기다려 주어야 할 것입니다. 이러한 기다리는 과정에서 아이들은 설레임과 기대, 희망이라는 감정도 자연스럽게 배우게 됩니다.

우리 부모는 아이들이 자신을 이해하고 분석하고 수용할 때까지 지켜 봐주고 기다려 주어야 합니다. 나무들은 서로 가지를 흔들면서 그리움을 알려 신호하듯이 이제 우리 부모도 아이들에게 지켜봐 주는 따뜻한 관심과 기다려 주는 사랑이 있다는 신호도 보내야 할 때입니다. 그러면 자연적으로 아이와 부모는 서로 신뢰가 쌓여지고 행복한 삶을 영위할 것이라 생각합니다.

경청해 주자

현대 경영학의 대부인 피터 드러커(Peter Drucker)는 "21세기를 이끌어가는 리더는 의사소통 능력이 뛰어나야 한다."라고 말했습니다. 의사소통에는 네 가지 방법이 있습니다. 말하기, 듣기, 쓰기, 읽기입니다. 이 네 가지 중에 어떤 것이 가장 어려울까요? 듣기입니다. 다른 사람의 말을 경청하는 것이 가장 어렵습니다.

성인(聖人)이라는 한자어를 풀어보면 성(聖)자에 귀(耳)가 들어 있습니다. 즉 성인은 경청을 잘하는 사람이라는 뜻입니다.

사람에게는 1분에 400-500개 단어를 생각하고, 1분에 100-150개 단어를 말할 수 있는 능력이 있습니다. 생각하는 속도가 말하는 속도의 4배가 되는 것입니다. 그렇기 때문에 우리는 상대방의 말을 들으면서 동시에 남는 뇌의 힘을 활용하여 다른 생각을 할 수 있습니다.

경청(傾聽)은 듣고 남는 시간의 4분의 3을, 또는 뇌의 힘을 온전히 상대방의 말, 기분, 의도 등을 이해하는데 쓰는 것입니다. 즉 상대방의 말에 강하게 몰입하는 것입니다. 그리고 상대방의 입장에서 상대방이 말하고자 하는 것을 이해하려고 노력하는 것입니다.

또한 상대방이 말하는 동안 그 내용을 판단하려 하지 않고 수용하려는 것입니다. 완전히 상대방의 뜻과 감정을 이해하고자 노력하고, 질문까지 해서 이해를 확인하는 일입니다.

부모와 아이와의 관계에서 경청은 서로 질문을 주고받으며, 그 해답을 찾는 과정이고 능력이라고 할 수 있습니다. 그동안 부모가 아이에게 이야기만 했다면 이번엔 바꾸어 보십시오. 듣는 입장으로 말입니다.

다시 말해 경청이라는 것은 온전히 아이들의 말에 온 신경을 기울이고 집중하는 것을 말합니다. 아이의 말을 천천히 듣다보면 이런 생각이 들기 마련입니다. 아! 내 아이도 어른 말을 듣고 있을 때는 힘들어했겠구나! 느껴지는 순간이 있을 것입니다.

부모가 아이의 말을 들어봐 주기 시작 하는 바로 그때가 또 다른 긍정의 변화가 일어나는 시작점이라 할 수 있습니다. 실은 아이들에게 지금 가장 필요한 선물은 바로 부모와의 소통과 공감이라고 할 수 있습니다.

그런데 어른도 아이와 대화하기 참으로 어려워합니다. 아마도 어른들도 학교 다닐 때 자식과 대화하는 방법, 소통하는 방법을 배우지 않았기 때문이지 않을까요? 대화를 나누기 때문에 관계가 좋아 지는 게 아니라 먼저 관계가 좋아져야만 대화를 나눌 때 마음의 문을 열게 된다는 것을 어른이 학교 다녔을 때 배웠다면 정말 유용하게 써 먹었을 텐데 말입니다.

그런데 말입니다. 어른은 아이가 이야기 할 때 경청하기 전에 먼저 '욱'할 때가 많다고 합니다. '욱'은 '화'가 나는 감정인데요. 화를 내는 것은 행동으로 보여 지기 때문에 아이들의 마음의 문을 닫게 됩니다.

아이와의 관계를 좋게 하려면 통 큰 계산법을 두드려야 합니다. 즉 부정적인 말이 1이면 긍정적인 말을 5로 해야 합니다.

또한 '경청'이라는 두 글자는 참으로 실천하기 어려운 글자 중 하나입니다. 부모 역시 아이의 말을 어떻게 경청해야 할지조차 몰라 어렵고 때로는 인내심이 필요할 때도 있을 것입니다.

왜냐하면 경청이라는 것은 아이가 전달하려는 의도와 의미, 동기까지도 파악하는데 있어 에너지를 집중되기 때문입니다.

경청이라는 것은 크게 두 가지로 바라볼 수 있겠는데요. 하나는 소극적 경청이고 다른 하나는 적극적 경청입니다. 소극적 경청은 아이들이 말할 때 언어적 반응 없이 침묵으로 반응하는 것을 뜻합니다. 적극적 경청은 아이가 전달하고자 하는 의도나 동기를 알고 감정을 깊이 있게 반영하고, 리액션을 하면서 들어주는 것을 뜻합니다.

정말 제대로 '경청'이라는 두 글자를 실천하기에는 상당히 어려운 부분이 많은 게 사실일지도 모릅니다. 어렵다고 생각되는 부모는 간단한 방법으로도 경청할 수 있습니다. 그것은 바로 아이들이 이야기 할 때마다 추임새를 넣어 주는 것입니다.

"정말 잘했구나! ~아아아"

"진짜, ~아아아"

"힘들었겠구나! ~~아아아"

"그랬구나! ~~아아아"

"수고했어! ~어어어!"라고 감탄사 비슷한 추임새라도 부모가 반응을 보이면 아이들의 대화 의욕을 북돋아 주기 때문에 무거운 마음 속 이야기보따리도 쉽게 풀게 되는 것입니다.

빙상계의 요정 김연아 선수는 모르는 사람이 없을 것입니다. 그는 아시아에서 열린 마지막 동계올림픽 이었던 1998년 나가노 대회를 보면서 본격적으로 스케이트의 꿈을 가졌다고 합니다. 그리고 김연아 선수는 미국의 미셀 콴의 경기를 보면서 나도 올림픽에 나가 금메달을 목에 걸겠다고 다짐을 했다고 전해지고 있습니다.

이렇듯 선수의 부모와 주변 어른들은 마음을 열어 김연아 선수의 생각에 귀를 기울이며 경청해 주고 인정해 주었더니 좋은 결과를 얻어 성공적인 삶을 살게 되었습니다.

부모가 아이를 대할 때 가장 훌륭한 방법은 어느 정도 내 아이의 기질을 파악하는 데서부터 출발해야 합니다. 그리고 아이의 말을 진정으로 경청할 때 아이는 무한 성장을 하게 됩니다.

아이의 성공적인 삶을 기대하며 부모가 해 줄 수 있는 첫 번째 실천 법은 아이와 함께 있어주는 것, 아이의 행동을 격려하고 지켜봐 주는 것, 아이를 칭찬해 주는 것, 그러면서 묵묵히 기다려 주는 것도 중요하지만 가장 중요한 것은 아이의 이야기를 진심어린 마음으로 끝까지 경청해 주는 것입니다. 그것이야말로 아이의 성공 밑거름이 될 것이라고 우리 부부는 이야기를 하곤 합니다.

에필로그

맞장구 쳐주며 삽시다

세상이 바뀌어 가는 건 확실 한 것 같습니다. 정말 열심히 공부해서 좋은 직장에 들어간 IT회사 직원도 승무원도 이제는 잘릴 걱정 없는 기술을 배우기 위해 도배, 타일, 배관, 용접학원에 몰리고 있는 것이 현실이기 때문입니다. 이들은 경기 상황에 따라 생계를 위협받는 상황이 반복되자 '잘릴 일 없는 내 기술을 갖겠다.'라고 나서는 것이었습니다. 결국 경기 흐름에 위협받지 않는 인생, 기쁘고 행복한 인생을 살고 싶은 마음이 크게 작용되었다고 볼 수 있습니다.

우리는 언제 기쁠까요? 다른 사람에게 기분 좋게 인정받으며 칭찬 받을 때 일 것입니다. 그렇다면 우리는 언제 괴로울까요? 아무도 자신을 가치 있는 존재로 인정해 주지 않을 때입니다.

왜 어른들은 아이에게 말이 곱게 나오지 않을까요? 부모는 아이와 이야기할 때 표정과 억양이 지시와 비난적인 말투와 경멸하는 것처럼 담쌓기의 감정들을 실어가면서 이야기를 하는지 모르겠습니다.

아이들도 부모가 이야기 하는 내용은 좋은 것은 알지만 받아 드릴 때는 '부정적 감정'을 느끼면서 받아들이기 때문에 사이가 멀어져 가는 것입니다. 부모와 아이 사이가 멀어지는 애매한 감정을 정화하고 관계개선에 있어서 긍정적인 결과를 얻을 수 있는 방법이 있을까요?

있습니다. 먼저 '가족'이란 의미를 잘 알아야 하겠습니다. 가족이란, 아무런 거리낌 없이 울고 웃으며 대화를 할 수 있는 관계입니다. 이는 단순한 피를 나누었기 때문일 수도 있겠죠. 가족은요. 행복과 불행을 함께 느끼고 있고 기쁨과 슬픔도 함께 나누는 그런 관계입니다.

하지만 '가족'이라는 두 글자는 두 얼굴을 지니고 있습니다. 하나는 가장 쉽게 상처를 주고받을 수 있는 사이이고, 다른 하나는 가장 깊은 사랑을 주고받을 수 있는 관계이기도 합니다. 이런 가족 간의 관계에서 고통 받고 싶은 사람은 아마 아무도 없을 것입니다. 다만 사랑을 주고받는 방법에 서투른 것이 아닌가 싶기도 합니다.

부모가 아이들에게 일관되게 계속적이며 통일성이 있는 대화의 경험이 주어진다면 부모와 신뢰감이 형성될 수 있습니다. 이런 신뢰감을 얻기 위해서는 '감정'을 통해 접근해 들어가야만 쉽게 풀리는 법입니다.

왜냐하면 '감정'이 행동에 가장 유력한 원동력이기 때문입니다. 그럼 어떻게 '감정'을 다루면서 아이와 신뢰감을 쌓을 수 있을까요? 참으로 부모라는 두 글자의 역할이 쉽지만은 않은 것 같습니다.

일예로 밥상머리에서 시금치를 안 먹어서 편식한다고 꾸지람을 듣고 자란 아이가 어느 날 시금치를 먹었다면 칭찬을 받아야 된다고 아이들은 생각을 합니다.

또 동생이랑 싸울 때 부모에게 혼이 났다면 동생이랑 사이좋게 놀이한 날은 칭찬을 받기를 기대합니다. 왜 잘못된 것은 꾸지람을 듣고 잘 한 것은 부모가 당연히 생각하며 그냥 지나친다고 생각이 들면 아이는 바로 여기서부터 혼돈이 일어나기 시작합니다.

아이의 입장에서 보았을 때는 부모의 일관성이 없는 태도에 아이는 불신이 일어나게 되는 것이지요. 부모는 아이에게 말을 함부로 해도 된다고 생각하지만 실은 큰 오산입니다.

왜냐하면 아이는 소유물이 아니기 때문입니다. 부모가 아이에게 툭하고 던지는 말 한마디 "넌 누굴 닮았니? 옆집 아이는 1등 했다더라."라는 식의 말은 아이에게 상처를 입힙니다. 그 말은 듣게 된 아이는 가만히 있지 않습니다. 표현을 못할지라도 마음속 혼잣말로라도 "나도 우리 엄마가 아니고 옆집 엄마가 내 엄마였으면 좋겠어!"로 부메랑처럼 가시 있는 답변으로 부모를 쏘아 붙일 것입니다.

서로에게 상처 주는 말은 가급적 조심하면서 아이에게 일관되게 따뜻한 감정적인 표현을 사용하여 신뢰감을 형성 하는데 노력 한다면 아이와의 관계개선에 있어 효과를 거둘 수 있습니다. 또한 맞장구를 쳐 주시면 어떨까요?

맞장구라는 것은요. 아이들이 생각하는 것, 현재 아이가 감정을 느끼는 것, 아이가 처해진 상황을 이해하여 부모도 경험하듯이 받아들이는 것을 의미합니다.

아이들의 마음의 소리를 귀 기울여 감정을 집중시켜 공감해 보세요. 물론 이러한 것들은 부모에 대한 따뜻한 관심과 배려가 전제 되어야 가능한 일이긴 하지만요.

예를 들어 보면 이렇습니다. 아이가 발표준비를 열심히 했는데 성적이 좋지 않았다고 가정해 봅시다. 이럴 때 부모나 어른은 어떻게 반응해야 할까요? 대다수가 "어쩌겠냐? 다음에 더 잘하면 되지! 힘내자."라고 일반적인 반응으로 이야기를 하게 됩니다.

하지만 똑같은 상황을 맞이했을 때 맞장구를 쳐 준다면 이런 것이겠죠. "이야~ 열심히 노력했는데 결과가 좋지 않아서 많이 속상했겠구나. 하지만 최선을 다해 노력했던 너의 모습에 가치를 더 두고 싶네!"라는 반응은 아이에게 또 다른 면을 생각해 낼 수 있는 힘을 길러주는 것이 될 수 있을 테니까요.

이 세상은 점수도 중요하지만 점수로 매길 수 없는 아이의 노력과 열정에 가치를 높일 수 있다는 생각을 열어주어야 하는 것입니다.

이렇듯 부모 역할은 가장 어려운 일이자 실은 가장 보람 된 일입니다. 많은 부모들은 어려운 이야기만 토해냈지 그 뒤에 숨어버린 보람된 일은 찾으려고도 하지 않고 행복했던 일은 당연하다고 생각하는 것 같아 안타깝습니다.

앞에서 이야기 한 바 있듯이 부모로서 가장 가치 있는 공부는 자녀에 관한 공부라고 했는데요. 자녀 공부 이전에 우선 되어야 할 부분은 바로 부모가 행복해야 한다는 것입니다. 부모가 행복해야 가정에 웃음이 가득하고 가족 간에 신뢰가 두터워져 맞장구를 쳐줘도 신명나는 것입니다.

왜 정말로 인생에서 중요한 것을 정글에서 가르쳐 주지 않을까요? 아이가 사회로 진출할 때 사회인으로 잘 적응할 수 있게 필요한 것을 배우게 된다면 민주시민으로 성장하는데 도움이 많이 될 텐데요.

예를 들어 운전하는 법이라든지 컴퓨터 다루고 고치는 방법, 장사하는 법, 돈 관리하는 법, 체중 조절하는 법, 인간관계 처세법, 집 관리하는 법, 잘 듣는 대화의 기술, 결혼해서 자식하고 소통하는 방법, 실패한 후 다시 일어서는 법, 본인의 마음을 가만히 들여다보는 법, 예쁘게 옷을 입는 법, 본인의 가치를 높이는 방법 등등 아이들이 관심 있어 하는 공부를 아이가 선택해서 한다면 얼마나 좋을까요? 아이들이 하고 싶은 공부를 하게 하면 정글의 세상도 신명난 세상이 될 것입니다.

"엄마! 나는 장사를 해보고 싶어요. 그래서 장사하는 법과 돈 관리법, 실패 한 후 다시 일어서는 법에 대해 배우고 싶어요!" "잘했군. 잘했어. 잘 생각했어. 우리는 너를 응원해 줄게."

"아빠! 전 요리를 배우고 싶어요. 그리고 체중 조절 법도 배우고 싶어요. 왜냐하면 요리 중에 많은 음식을 맛보게 되잖아요." "잘했군. 잘했어. 잘 생각했어. 우리는 너를 응원해 줄게."

"엄마! 난 엄마처럼 패션디자이너가 되고 싶어요. 그래서 옷 만드는 법과 돈 관리법, 앞으로 다양한 사람을 만나야 하니까 인간관계 처세법에 관해 배우고 싶어요." "잘했군. 잘했어. 잘 생각했어. 우리는 너를 응원해 줄게."

"교육은 왜 받아야 하나요?"라는 질문에는 행복한 삶을 살기 위해서라고 말하고 싶습니다. 또한 사회생활에 잘 적응한 훌륭한 사회인을 만들기 위함이라고도 할 수 있습니다. 그렇다면 "아이들은 어떤 교육을 받아야 잘 받은 교육이라고 할까요?"라는 질문에는 아이가 좋아하고 관심 있어 하는 분야를 찾아내서 그것과 관련된 공부를 하라고 말해 줄 수 있는 세상이었으면 좋겠습니다.

하지만 요즘 아이들은 뿌리가 단단하지 못한 나무로 자라는 경향이 있습니다. 아이가 진정으로 배우고 싶은 것이 무엇인지 부모가 안다면 뿌리부터 단단한 나무로 자라날 수 있을 것이라고 우리 부부는 생각합니다.

"칭찬은 고래도 춤추게 합니다." 아이에게 맞장구를 쳐 주며 삽시다. 그러면 아이는 신이 나서 웃음을 잃지 않을 겁니다. 아이가 행복해 하는 모습만 봐도 우리네 부모는 그저 마냥 행복 하지 않겠습니까?

앞으로는 아이에게 맞장구 쳐주면서 삽시다. 우리 자신의 인생은 어느 누구도 대신해 줄 수 없습니다. 우리 스스로 만드는 것입니다. 100세 시대 우리의 행복을 위해서라도 말입니다.

참고 문헌

고봉만 · 황성원. 『루소, 교육을 말하다』, 살림지식총서, 2016.

기시미 이로치, 고가 후미타케 저. 전경아 옮김. 『미움 받을 용기』, 인플루엔셜, 2014.

기시미 이로치. 박재헌 옮김, 『아들러의 심리학을 읽은 밤』, 살림출판사, 2018.

신준환. 『木』, 알에치 코리아, 2016.

전성수. 『복수 당하는 부모들(뇌 기반 자녀교육)』, 베다니출판사, 2011.

정명화 · 이로미. 『교육학 개론』, 공동체, 2015.

조용태 · 이기용 외 『인성의 이해와 실제』, 공동체, 2016.

정혜선. 『당신이 옳다』, 해냄, 2019.

이기범. 『루소 에밀 일기』, 세창출판사, 2016.

윤길근 · 정수천. 『교육학 개론』, 태영출판사, 2015.